九尾狐變形計

楊翠——著

妖怪客棧平面圖

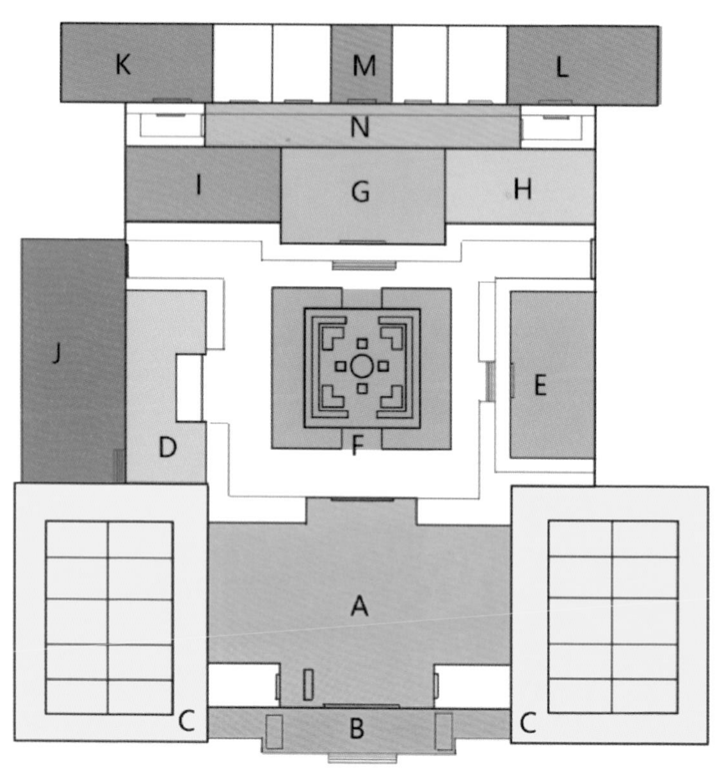

A

主廳

妖怪舉辦宴會的地方，燭光永遠不熄滅，食物永遠吃不完。

B

門廊

進入妖怪客棧必經的走廊，可以把無關的人類擋在門外。

C

客房

每間客房牆上的圖畫，會隨著妖怪房客的心情變化而變化。

D

經理室

客棧經理——鼠妖柯立的辦公室。

E

雜物間

堆滿了妖怪房客的奇怪物品，只要有耐心就能挖到寶貝。

F

中庭

種滿仙草、泉水叮咚的庭院，變幻著五彩的光。

G

貴賓室

歷代妖怪客棧老闆接待客人的地方。

H

穿堂

連接中庭和後花園的屋子，風景隨著進入的妖怪不同而變幻。

I

書房

堆滿了各種妖怪書籍，有的書本身就是個妖怪。

J

伙房

妖怪客棧的廚房，鼠妖柯立兼任主廚。

K

大客房

最高級的客房，住起來更舒服。

L

人類客房

客棧小老闆李知宵的住房，布置得適宜人類居住。

M

清潔工具間

妖怪客棧的清潔中心，負責這項工作的是螃蟹精轟隆隆。

N

後花園

種植了散發妖氣的植物，能帶給妖怪好心情。

人物介紹

李知宵

人類男孩，擁有八分之一的妖怪血統，是妖怪客棧的現任小老闆。剛開始，他對妖怪的世界既喜歡又排斥，但在妖怪的幫助下慢慢認清了自己的責任。

柳眞眞

人類女孩，李知宵隔壁班的同學，出身於法術師世家。她的夢想是成為世界上最厲害的捉妖師。她性格直爽，痛恨說謊，一看就絕對不是普通人。

曲江

山羊妖，在妖怪客棧住得最久、年紀最大的妖怪。他像爺爺一樣關心、保護著李知宵，在妖怪的心目中也是最可靠的前輩。

沈碧波

人類男孩，李知宵的同班同學，從小被姑獲鳥收養，披上羽衣就能變成姑獲鳥。他對自己的身分感到苦惱，在姑獲鳥之鄉大戰後，終於認識到忠於自我的可貴，和養母的關係也更加親密了。

螭吻

龍王的第九個兒子，性格放蕩不羈，時常鬧笑話。他深藏不露，一直在默默保護著妖怪客棧，是李知宵的法術師父。他的原形是龍身、鯉魚尾的大妖怪，能呼風喚雨。

柯立

鼠妖，妖怪客棧的經理兼主廚，有三個分別叫包子、餃子和饅頭的姪子。這一家子都對「吃」和「八卦」相當有研究。

茶來

一隻把毛染得花花綠綠的貓妖，是螭吻的跟班，說話刻薄，但特別能幹。和普通貓一樣，他只對「吃了睡、睡了吃」感興趣。

韋清暉

美麗的白色九尾狐，是妖怪客棧所在城市的妖怪大統領，深受大家愛戴，被親切的稱為「韋老師」。原本一直在外旅行，最近突然回歸，且暫居妖怪客棧休養。不知什麼原因，她聲稱不願意再擔任妖怪統領一職，引發了妖怪客棧眾妖怪深深的擔憂。

阿觀

隱居在妖怪客棧所在城市的神祕妖怪，個性靦腆，不喜歡空曠的地方，不喜歡陽光，也不喜歡見人，所以很少露面。據說，他是在這個城市居住時間最長的妖怪，與韋老師之間似乎也有什麼外人不知道的交情。

作者序

小時候，每天夜裡淘氣，大人總是喜歡瞪大眼睛說：「麻老虎來了！」每一次我都會害怕得直發抖，乖乖按照大人的要求去做。

我家住在鄉間，夜裡一片漆黑，每次我望向窗外，心裡都明白極了：那可怕的麻老虎肯定就躲在某棵樹下，或是某片草叢裡，對我虎視眈眈。明明那麼害怕，為何還會一次次望向窗外？也許，我想要找到麻老虎，我有些盼望見到它，確定它不是父母的謊言。

自從《妖怪客棧》出版後，我被問過好多次：**你相不相信這個世界上有鬼神精怪？**我膽子小，怕黑，擔心鬼怪的攻擊，夜裡我比較相信；白天沒那麼害怕，便沒那麼相信了。不過，是否相信真有那麼重要嗎？就算它們真的不存在，我也可以假裝相信，因為，並不是所有事物都必須存在於現實世界中，它們也可以只存在於我們的腦子裡。

因此，希望你閱讀《妖怪客棧》時，相信或者假裝相信妖怪存在。也希望能帶給你一次愉快的閱讀體驗。

目次

楔子

「夜晚和白天完全不一樣。在白天，整個世界充滿敵意，不停催促我去行動，去做一些事情，讓自己忙起來，不然的話就會被甩在後面。被誰甩在後面呢？為什麼一定要跑在最前面？我也不清楚。到了晚上，世界變得溫和，認同我是它的一部分，願意給我依靠。哪怕什麼事情都不做，只是坐著發呆，我也覺得心情平靜。好多妖怪都有類似的感受吧？我們天生屬於夜晚。你呢？你喜歡白天還是晚上？」

說到這裡，她轉過頭去，笑盈盈望著他。她的身後是敞開的窗戶，窗外是繁星密布的天空。

「我不知道。」他垂頭看看他最寶貝的長簫，再看著自己的雙手，那些花紋不安的在他的皮膚上移動。

「你當然不知道，因為你的家在白天和夜晚之外。這扇窗戶可以讓你看見世界，但無法讓你參與進去。我和你一起出去看一看後，你再做出選擇，走吧。」

她站起身來，朝他伸出右手。他打量著她的掌紋，像是在拆解一個謎題。半晌，他終於鼓起勇氣望向她的臉龐。窗外的星星似乎偷偷溜進了她的眼睛裡，閃爍著光芒。

這是他們第二次見面。不過，他總覺得以前一定聽誰說起過她，或者是，她曾經偶然出現在他那窗外的風景裡，或者，他們曾經在同一場夢裡擦肩而過，要不然該怎麼解釋這種久別重逢的親切感呢？

這就像老朋友的小聚，不應該拒絕，但是他並沒有握住她的手，他不喜歡肢體接觸。他們走出大門，沿著臺階上行，一步、一步，走進夜晚的世界。

夜已深，街上空無一人，萬籟俱寂。他的心彷彿感受到他的擔憂與不安，製造了一些嘈雜的聲響陪伴他。等到走出人類的城池時，他又感覺太吵鬧了，好像所有人都住進了他的大腦裡，正在敲鑼打鼓，談天說地。

他已經好久沒有離家這麼遠，也沒有出門這麼長的時間。他覺得腦袋似乎快要爆炸，於是問道：「我們還要走多久？」

「別著急，時間還早。繼續走吧，我們一起穿過黑夜。」她輕聲說道，「別擔心，我就在你身邊。等到你準備好了，哪天我們再一起穿過白天。」

第一章

路邊的狐狸

這是二月中旬，春節已經過去好幾天，依然沒有任何春天來臨的跡象。雨絲密密麻麻的從天空中墜落，寒風呼嘯著鑽進每一個縫隙，展示著它的威力。這時，一陣風從李知宵身邊呼嘯而過，氣勢洶洶，隨即遠去，他有些擔心這風會把馬路兩邊的高樓吹倒。

在狂風面前，知宵毫無優勢。他還不到十二歲，比同齡人矮小、瘦弱一些，穿得也很單薄。他沒繫圍巾也沒戴手套和帽子，臉蛋被凍得發紅，頭髮被大風揉來揉去，在頭頂招搖。不過，知宵沒有縮著脖子，也沒有把手伸進口袋。他看起來絲毫不受寒雨、冷風的影響，獨自處在另一個更溫暖的季節裡。

知宵最近才發現，他不像別人那樣怕冷，可能因為他的太奶奶是從雪裡誕生的精靈，知宵繼承了她的血統。此外，四季之中他最喜歡冬天：看到窗外寒風呼呼吹，他就想要出門走走；下雪時更好，他恨不得不停的在戶外奔跑，讓所有雪花落在臉上。

知宵抬頭看著天，雨越下越大了。如果雨一直下，溫度也會持續降低，明天說不定還會下雪，他的心裡喜孜孜的。知宵的目光往下移，落在天空與地面相接處一棟不起眼的灰色大樓，那裡便是他的目的地──妖怪客棧「金月樓」。

知宵穿越馬路走進公園，過了公園便能到達客棧。公園裡多半是四季長青的大樹，鬱鬱蔥蔥，遮蔽了天光，讓人誤以為黑夜即將來臨。寒風搖晃樹枝，大滴大滴的水珠從樹葉上滾落，掉在知宵身上。他伸手摸摸書包，已經濕透了，於是趕緊拉開拉鍊查看，書包內依然乾燥，他最心愛的那幾本書安然無恙。

知宵很喜歡冒雨行走，但總是忘記撐傘。這時他才想起來，從書包裡拿出雨傘遮擋雨滴，繼續前行。他的腳步聲混雜著風聲、雨聲、遠處的汽笛聲，萬事萬物正緊密的配合，有如一場盛大的音樂會。

在這場音樂會裡，知宵聽到一聲嘆息。那聲音彷彿就在耳邊，他轉過頭，卻不見任何身影。

難道是會隱身的妖怪？說不定是金月樓裡的房客，看見他獨自走到這兒，故意要嚇唬他。知宵經常被房客捉弄，經驗十分豐富，現在已經不好糊弄了。他不動聲色走著，暗地裡防備。

接著，不遠處的灌木叢裡傳來窸窸窣窣的響聲。知宵停下腳步，望著聲音傳來的方向，擔心有誰會從那兒蹦出來，但是一切正常。過了一會兒，又有一聲歎息從那邊傳來。

「會不會是誰突然生病倒在那裡？」知宵心想。

他輕手輕腳的走上前，伸長脖子張望，看到一隻毛茸茸的、像是一堆積雪的白色巨獸。知宵慌慌張張後退了幾步，摀住嘴巴不敢叫出聲。

巨獸一動不動、沒有反應，知宵鼓起勇氣再次上前，發現那白色動物的體形並不算龐大，但是有一大堆尾巴，還有一張三角形的臉與一對尖尖的耳朵，就像是狐狸。

有這麼多尾巴，該不會是九尾狐仙吧？知宵小心翼翼的撥開灌木，不讓雨珠落在大狐狸身上，然後拿傘擋在狐狸上方。

「韋老師，您是韋老師嗎？您還好嗎？需不需要幫忙？」知宵輕聲問道。

在這個城市裡，沒有妖怪不認識九尾狐仙韋老師，她是城中的妖怪大統領，深受愛戴。最近幾年，韋老師一直在外旅行，那麼，她為什麼突然出現在這裡，身上沾滿泥巴和草葉，看起來這麼狼狽？

大狐狸沒有回應，知宵又喚了幾聲，她依然一動不動，不知道是睡著了，還是受傷暈過去了。

「韋老師老是喜歡變來變去，我好像從來沒見過她本來的樣子，所以，這也可能不是韋老師。」知宵想，「我還是去客棧裡找大家幫忙吧。」

知宵放下雨傘，為狐狸遮擋風雨。可是剛走幾步轉頭一瞧，發現雨傘太引人注目，只好拿走雨傘，輕輕撥弄灌木叢的枝條，把大狐狸嚴嚴實實遮起來，再跑進客棧裡。

金月樓周圍長滿大樹，樓裡窗戶又小，在這樣的下雨天，大廳內光線十分昏暗。入住客棧的多半是從仙境來人類世界旅行的妖怪，冬季是旅遊淡季，客棧裡除了那些長住的房客，幾乎沒有新客上門，偌大的房子也顯得冷冷清清。

知宵一口氣爬上頂樓，停在一扇天藍色的門前，門牌上寫著「螭吻仲介公司」幾個大字。知宵推門而入，聽到一陣敲擊鍵盤的啪啪聲，這是蜘蛛精八千萬正在電腦前忙碌，電腦螢幕的亮光反射在他那長長的臉上。最近幾個月他一直在仲介公司裡打工。

仲介公司的經理是貓妖茶來，此時他正在沙發上打瞌睡；他的毛色花花綠綠，像是沾滿打翻在沙發上的顏料。知宵使勁搖晃著茶來肥滾滾的身體，說：「茶來，你快醒醒！我在公園看到了受傷的九尾狐仙，說不定是韋老師！」

「什麼？」茶來猛地睜開眼睛，差點從沙發上蹦起來，「你說清楚些！」

知宵詳細講述了剛剛見到的情景，八千萬也跑來聽。話剛說完，茶來跳下沙發，說：「八千萬，我們去公園！」

兩個妖怪風風火火的出了門，知宵緊跟著跑出客棧時，早已不見他們的蹤影。等他來到公園，剛進門便看到八千萬和茶來從裡面走出來。八千萬的懷裡似乎抱著什麼東西，知宵看不清楚那是什麼。

「應該是大狐狸吧？只不過是使了障眼法。」知宵想。

知宵又跟著八千萬和茶來回到客棧，麻雀妖白若撲騰著翅膀飛過來，一腳踩住知宵的鼻頭，嚷嚷道：「小老闆，你渾身都濕透了呀！不是帶傘了嗎？怎麼不打傘？傻瓜！」

「噓——」知宵將食指放在嘴唇上，又示意白若看看旁邊，「小聲點兒。」

客棧裡很安全，茶來收起了障眼法，白若一看到大狐狸，又繼續嚷嚷道：「這不是韋老師嗎？受傷了嗎？發生什麼事了？」

「臭小鳥，你能不能閉嘴？」茶來說。

白若立刻安靜下來，乖巧的停在知宵的肩膀上。他們一起來到二樓的客房，八千萬將韋老師放在床上後，看到韋老師身上的泥巴，便憂心忡忡的問道：「茶來，韋老師不要緊吧？」

果然是韋老師！知宵耳邊彷彿響起了韋老師那爽朗的笑聲。上一次見到韋老師是什麼時候？太久遠了，那時知宵年紀還很小，他早已不記得了。知宵有時候真是遲鈍，直到幾個月前他才發現，茶來是韋老師的弟子。當時知宵驚訝極了，在他的記憶裡，韋老師總是精神充沛，彷佛一刻也安靜不下來，而茶來卻是懶懶散散的，與韋老師截然不同。

「應該沒什麼大礙，我也不太清楚。」茶來跳到枕頭旁，立起兩隻前爪，在半空中揮舞幾下，便有風從他的爪子間生出來，圍繞在韋老師身邊。不到一會兒，那暖暖的風就將韋老師的毛髮吹乾了。

這時，韋老師睜開了眼睛，剛好看到知宵。知宵慌張的說：「韋老師好！」

韋老師愣了愣，終於成功從記憶深處的角落裡把知宵找出來。

「你是李知宵吧？好久不見。你好像沒什麼變化，也沒有長高。我剛剛做了個夢，夢裡你一直在叫我，好像有什麼著急的事情。我本來準備回答你一聲，但想了想還是算了。」韋老師喃喃說著，聽起來像是剛從宿醉中醒來。

「應該不是夢，我真的叫過您。」知宵說。

「您感覺怎樣？」茶來跳到韋老師腦袋邊問道。

「感覺很不好。一直有誰在旁邊說話，還一陣顛簸，我睡得很不踏實。」

「除此之外呢？身體有沒有不舒服？」

「沒有。」韋老師跳下床，一大堆尾巴在她身後搖來晃去。她看看八千萬與白若，又說，「你們是在擔心我嗎？放心，我沒事。這裡是金月樓吧？我本來就打算來這裡，走著、走著，突然不知道該怎麼邁動四條腿，所以索性趴下來休息一下。」

「天哪，您突然忘了怎麼走路，這難道還不嚴重嗎？」八千萬嚷嚷起來。

「韋老師，到底發生了什麼事？」白若也嚷嚷著。

「我現在不是重新想起來了嗎？沒事了。」韋老師順勢趴在地上，目光重新回到知宵身上，「我聽說你繼承了金月樓，特地給你準備了禮物，你看看喜不喜歡。茶來，我的背包在哪裡？」

「我們發現您時沒看見什麼背包，您是不是把它忘在哪兒了？」

「丟了嗎？」韋老師的情緒突然一陣激動，「我的全部家當都在裡面！」

「您哪有什麼家當？您不是最討厭占有物質上的東西嗎？」茶來平靜的說。

「別胡說，大家送給我的禮物，我一直都好好收著呢。背包裡的是我想送給你們的禮物，歡歡喜喜挑選的，現在卻不知道去了哪裡。好難受，感覺自己的一部分也丟了。」韋老師將腦袋埋進爪子裡，沒有哭泣，但也不再說話，整個房間被沉靜占領。

「奇怪？韋老師以前好像沒這麼多愁善感，難道是我記錯了？」知宵想。

「知宵啊，」韋老師很快又抬起頭來，「不如你去我家吧！你只要看上什麼喜歡的東西都可以拿走，算是禮物。很抱歉，現在我得重新習慣走路，沒辦法出門。茶來，麻煩你陪知宵一起去。對了，我不記得鑰匙在哪裡，可能和背包一起弄丟了。你們隨便想個辦法打開房門就行。」

「謝謝您，我不需要什麼禮物。」知宵說。

「那怎麼行？你繼承客棧的時候我沒來慶賀，就算把我家送給你都不為過。唉！」韋老師突然嘆了一口氣，「離家太久了，三年還是四年來著？錯過好多重要的事。」

知宵感受到韋老師的沮喪，不禁自責起來，他的拒絕似乎太過冷酷、無情。茶來在旁邊不停的用眼神示意，知宵趕緊答應下來。

韋老師這才平靜一些，打了個哈欠。茶來帶領大家離開房間，讓韋老師好好休息。

「你自己去老師家吧！這麼冷的天我可不想出門。」茶來說。

「不去也沒關係吧？」知宵說。

「不行，你看看她的樣子，誰知道她一覺醒來，會不會要你把拿來的東西給她瞧瞧？」

知宵根本不知道韋老師家在何處，八千萬便主動提出要陪知宵一起去。雨停了，風依然吹得猛烈，不願止息，當知宵到達韋老師家時，還有幾縷風纏繞在他的頭髮裡。

韋老師住在人類的公寓，屋子並不大，不過家具擺設太少，顯得很空曠，加上離家太久，房間裡布滿灰塵。

「真想幫忙打掃一下，但是主人不在家不好隨意行動，先回去問問韋老師需不需要幫忙清理吧！」八千萬雙手叉腰說。

「主人不在，也不應該隨便翻動她的東西，我還是什麼都別拿吧。」知宵說。再說，他和韋老師總共也沒見過幾面，並不是特別熟悉。

「你的想法是對的，知宵。你喜歡看書，拿兩本書怎麼樣？就當是借閱，看完再還就好了。」

韋老師的書散落在家中各處，沙發旁的兩排書架上，大多是用各種語言寫成的繪本，是給學齡前小朋友看的睡前讀物。知宵選出兩本圖畫書後，和八千萬一起回到客棧。

天黑了，此刻妖怪客棧裡燈火輝煌，住在城中的妖怪、精靈們似乎都聚集在這裡。要不是大家的表情太過凝重、憂愁，知宵還以為今晚會有一場盛大的宴會。

因為聽說了韋老師歸來的消息，大家才會跑來客棧。一位梳著長辮子的矮個子男士說：「我們還是回去吧，韋老師不願意見客，留在這裡反而打擾她休息。」

「沒錯，韋老師平安無事就好，我們明天再來拜訪。」另一位妖怪說。

「到底是誰傷了韋老師？我和他沒完！」

「能傷到韋老師的妖怪，一定不簡單哪……」

…………

知宵穿過大廳正要上樓，韋老師剛好從樓梯口走出來。她看起來比下午時精神多了，一身雪白，高不可攀。花花綠綠的茶來跟在她身後，像一個打雜的小嘍囉。所有妖怪都安靜下來，目光一齊轉向韋老師。

韋老師大大方方來到大廳中央，她看看大家，說道：「非常感謝你們來探望我。不用擔心，我安然無恙。另外，趁大家都在，我想宣布一件事情，這也是我回城裡的主要原因。最近我身心俱疲，實在無力繼續擔任首領一職，從今天起，就由茶來接替我的位置，大家沒什麼意見吧？」

妖怪們又開始交頭接耳，最後，八千萬問道：「您為什麼要退休？太突然了！」

「沒錯！」有妖怪應和道。

韋老師重重嘆了一口氣，又說：「該從何說起才好呢？我出門這幾年，遇上了這樣、那樣的事，不小心弄丟了一條尾巴，現在已經喪失變身能力了。」

大家的目光齊齊轉向韋老師的尾巴。知宵也一樣，他默默數起韋老師尾巴的數量，確實只有八條。

「不僅是變身能力，我還弄丟了許多連自己也說不清楚的東西。比如，有幾天我甚至忘了怎麼說話、忘了自己的名字，幸好只是短暫失憶。我一直四處遊蕩，想到你們可能正在擔心我，就特別回來交待一下。誰也沒有教過我，失去了變身能力該怎麼辦，不過，我一定不再適合繼續生活在人類世界，而應該回白水鄉隱居了。」韋老師的目光轉向她的弟子，「茶來，今後一切就交給你了。」

「我不要，」茶來果斷拒絕了，「這樣會影響我睡覺。」

「我很早以前就說過要你做好準備，隨時接替我的工作呀！」韋老師道。

「您什麼時候說過，我怎麼不知道？別做夢了，仲介公司的事就夠我忙的啦！」

「我真的沒說過嗎？那現在怎麼辦？」韋老師的目光又轉向眾妖怪，「你們誰對首領一職有興趣，可以主動報名，我們投票選出一位吧！」

「韋老師，您的做法太隨便了！」又有妖怪說道。

「那就算了吧。厚著臉皮說，我只是精神上的領袖，這城中發生什麼事，一向都是大家商量著處理，我好像也沒做過什麼，所以，有沒有首領並沒有多大的區別。況且，蝸吻不是搬來客棧居住了嗎？有他在這裡，大家也能心安吧。」韋老師說，「我就此離開，大家珍重。」

「至少再緩幾天呀！韋老師。」八千萬哭喪著臉，說：「讓我們小聚一場，正式跟您道別！」

「你們的好意我心領了。還是算了吧！非常抱歉。」韋老師的目光掃過在場所有妖怪，朝客棧正門走去。茶來跳出來，擋在韋老師面前，說：「等一等！我早就聽說您受傷的事，還一直到處找您。很高興您現在回來了，老師。既然您已將一切都講給我們聽，我們就不能眼睜睜在一旁看著，什麼也不做。失去變身能力又怎樣？再說，我也不是沒見過世面的小奶貓，師徒一場，我一定會幫您重拾變身能力！」

茶來的話語如同一塊扔進水裡的大石頭，激起了強烈的回響，大家紛紛附和，嚷嚷著也要盡一份力。盛情難卻下，韋老師只好說道：「你們讓我先考慮一下，行嗎？」

說完，她拖著一大堆尾巴，悶悶不樂的走向樓梯間。

第二章

茶來的變身課

「對韋老師來說，失去變身能力意味著什麼呢？真的會讓她受到這樣大的打擊嗎？」等到妖怪們散去之後，知宵向八千萬請教。

「這個，很難用一、兩句話說清楚。」蜘蛛精八千萬摸著下巴，一本正經的回答，「韋老師是有名的變身大師，我們剛來到城裡時，誰沒受過她的指點？所以，大家都稱她韋老師。韋老師天生就有變身能力，她高興時就變成一隻鳥，不高興時變成一座塔。沒有變身能力，就像失去了手腳。當然，我至今從沒失去過對我來說如此重要的東西，一切只是我的推測。」

「這兩年我苦苦練習變身術，總是感覺有些不足，因為自己想不明白，本來準備等韋老師回來再請她指點，現在……唉！」兔妖阿吉說。

「我覺得韋老師沒有徹底喪失變身能力，只是受到太大的打擊，暫時無法變身。就像足球運動員，哪怕天賦再高、能力再強，也有表現不佳的時候。」八千萬又說，「韋老師無論如何也不肯透露為什麼會丟了尾巴，但是這難不倒我，我一定要把罪魁禍首找出來，給那個壞蛋一點顏色瞧瞧！真是的，韋老師最討厭暴力，誰會忍心這樣對待她呢？」

眾房客開始數落起傷害韋老師的妖怪來，要不是知宵在場，天知道他們能說出多少不適合文明生靈聽的話。知宵心不在焉的看著自己的右手，心想：「如果有一天我失去了這隻手，生活會變成什麼樣？」這種想像並不愉快，知宵稍微明白韋老師的心情了。

韋老師暫時住在客棧裡，不過她討厭床鋪，喜歡通風、明亮的地方，所以選擇住在四樓東南角的小房間；那裡養了許多綠色植物，還有一扇巨大的窗戶。她不想見任何妖怪，也不想吃東西，難道還在為丟了尾巴難過嗎？

晚飯後，茶來宣布了他的計畫，他要承擔起老師的職責，指導韋老師從頭修行變身術。知宵感覺韋老師去意已決，應該會拒絕茶來的提議，堅持歸隱白水鄉，沒想到，經過茶來一夜的遊說，韋老師居然答應了。

大家都說茶來深得韋老師真傳，也是有名的變身大師，知宵卻半信半疑。相識一年多，他從來沒見過茶來變成其他的模樣，哪怕是變成白貓或是黑貓，也比現在好看。知宵想，如果自己有變身能力，一定每天換一種外表生活，讓每一種外表擁有不同的名字與個性，這樣一來，他每天都能做不一樣的自己。

「好想學會變身術啊！」這個想法突然出現在知宵的腦海，而且越來越強烈。他跑去向茶來打聽，想知道自己能不能學會變身術。

「人類很難學會這種能力，但是你本來就不完全是人類，只要肯用功，十年、八年後，應該能學得一些皮毛吧！」茶來笑咪咪的看著知宵，「我得聯繫一下曲江，要是他知道你這麼積極、好學，一定會感動得老淚縱橫。」

山羊妖曲江是客棧裡最年長的房客，自從知宵的父親過世後，他便以知宵的監護人自居，敦促他學習法術。最近曲江沉迷推理小說，好幾個月前便出門旅行，要去所有出現在他喜歡的小說裡的地方，聲稱這是巡遊聖地。因為看的推理小說太多，聖地更多，他還從不同的地方寄回一大堆明信片，直到現在還沒回來。

不只是曲江，客棧裡好多看著知宵長大的老房客，一定也會感到高興。誰不想得到別人的肯定與讚美，看到身邊的朋友笑盈盈？

「茶來，我能不能跟著你學習變身術？」知宵又問。

「當然不行！你什麼也不懂，又是人類小孩，我才不要把時間浪費在你身上！當老師很辛苦耶！你不要給我添麻煩。」

「我知道，我知道。你放心，我只是在旁邊聽一聽，連呼吸都會輕輕的，絕對不會打擾你，也不需要你特別指導我。這樣行嗎？」知宵伸手搓揉茶來的臉頰，像揉麵團一樣，「你就答應我吧！茶來，我會幫你買一個星期的零食。」

「一個月，沒有商量的餘地。」茶來說。

知宵咬咬牙，說：「好吧。不過，你得同意我叫上真真和沈碧波。」

「我真是不明白，你們為什麼老是膩在一起？不會厭煩嗎？換成是我，三天後就受不了了。不過，阿吉也要來，再多你們三個也不算多，我就當看不見好了。修行變身術很辛苦，不可能一蹴可幾。如果我覺得接下來的課程太難，會把你們攆走；如果我心情不好，也要把你們攆走，到時候你們必須乖乖離開。我們先這樣說好，你同意嗎？」

「心情不好也要攆人？」知宵質問著。

「不然呢？喵——」茶來投來得意揚揚的一瞥。

「好吧，我同意。」

知宵向茶來道別後，還是高高興興的出了門，直奔沈碧波家。他說明來意後，沈碧波並沒有多大的興趣，只是說：「我要學習變身術也不需要找茶來，況且我完全不相信他能當個好老師。」

沈碧波是知宵的同班同學，身為人類的他其實是姑獲鳥首領「十九星」的養子，身分高貴，對人的態度一直不冷不熱，個性也彆扭極了。每當知宵提議做什麼，無論他想做還是不想做，第一個反應就是質疑甚至是拒絕。知宵已經習慣沈碧波的脾氣，誠心誠意的再三央求，沈碧波終於答應。接著，兩個人一起去拜訪柳真真。

兩個多月前，真真的身體突然變得透明，還差點消失。她一直堅強、樂觀，沒過多久便恢復過來，照常到學校上課，和大家嘻嘻哈哈的玩耍，彷彿什麼事也沒發生過。不過，知宵還是察覺到真真有些不一樣了，偶而她會突然走神，像是斷電的機器，無論誰和她說話都不理會。最近更嚴重，知宵好幾次邀請真真一起玩，都被她拒絕了。如果是以前，真真才是最積極、主動的那個人，每天都興致勃勃的要找有趣的事情去做。

最近，真真的父母都在家裡陪伴她。她的父親是一位高個子的男士，溫文儒雅。知宵聽說他一直是優等生，擁有博士學位，而且，他還跟隨一位魔法師修行，直到最近才回來。知宵和他還不熟，每次見到他都有些緊張。

聽了知宵的提議，真真的父親對她說：「以前有一段時間，你不是一直想要變成鳥兒嗎？我見識過茶來的變身術，的確熟練又精采。他從不願收徒弟，現在終於轉變想法，錯過這個機會就太可惜了。」

「沒錯，」真真的母親周青說，「孩子，不要一直胡思亂想，慢慢往前走，說不定你心中的疑問會迎刃而解。」

真真看看父母，再看看知宵和沈碧波，點點頭說道：「好吧，我去。」

上課的地點在妖怪客棧的會客室，那裡寬敞又空曠，時間則是下午兩點半。第二天下午，在父母的陪同下，真真如約前來。兩位大人很快便離開，他們會在課程結束後來接真真回家。

知宵、沈碧波、阿吉陪同真真一起走進教室，坐在靠窗的桌子邊。窗外是中庭的小花園，抬頭就能看到清新、自然的景色。韋老師喜歡被植物環繞，房客們早在這裡擺滿各式各樣的盆栽，牆上還貼了許多彩色紙條，寫了許多鼓勵的話語。

不一會兒，八千萬領著一群妖怪風風火火的走進來，他們的額頭上都繫著墨綠色緞帶，看起來鬥志昂揚。八千萬站在最前面，雙手叉腰，神情嚴肅的瞪視前方，似乎正籌畫著驚天動地的大事業。山妖咕嚕嚕和嘩啦啦也來了，他們是知宵的手下，一胖一瘦，一紅一綠，很是醒目。知宵好奇極了，正想問問八千萬他們在做什麼，茶來正好進來了。

茶來依然一身花花綠綠，但是皮毛比往常看起來有光澤，可能刻意做了保養。韋老師跟在茶來身後，看起來依然無精打采。

八千萬突然彈了一個響指，音樂聲隨即響起。大家跟著節奏舞動身體，動作古怪又僵硬，也不知是舞蹈還是武術。韋老師好像受到了驚嚇，她後退幾步，想離八千萬他們遠一些。這時，茶來跳上桌子，饒有興致的望著大家。

看著，看著，知宵忍不住笑起來，阿吉用胳膊頂了他一下，小聲說：「別笑，八千萬會不高興的！」

「他們在幹什麼呀？」知宵問。

「八千萬是韋老師後援會的會長，這是為韋老師加油、打氣的舞蹈，你們人類不是也喜歡這麼做嗎？我在網上看過。」

「後援會嗎？」知宵想了想，說，「我好像聽過大家叫八千萬『會長』，原來是這樣。韋老師真是大明星。」

「對啊，韋老師在妖怪世界非常受歡迎，最近兩天就有許多妖怪從各地趕來探望她。韋老師定居在這裡前，長住城中的妖怪並不多，大家都是衝著她來的。萬一韋老師真的要隱退，離開這裡，很多妖怪也會搬走，咱們客棧恐怕只能關門大吉了。」

「這麼誇張嗎？」

「一點也不誇張，你不知道有多少妖怪為了她茶不思、飯不想。」

「像蒲牢大人一樣？」知宵又問。

蒲牢是龍王的第四個孩子，也是知宵的師父「螭吻」的姊姊，她經營著一家療養院。

「嗯，不太一樣。蒲牢大人受歡迎是因為她溫柔、親切，像母親一樣關心、照顧大家。韋老師經常不在城裡，很少做這樣的事情。她的個性也算溫和，不過有時候很嚴厲，甚至不太顧及大家的感受，可是大家依然喜歡她。」

「只要能夠見到韋老師就覺得很高興，是這樣嗎？」知宵繼續追問。

「沒錯！我搬來客棧之前，有一次在沉默大廈見過韋老師，那時候，彷彿全世界的光芒都落在她的身上！她神采奕奕，和現在截然不同。唉！」阿吉輕輕嘆了一口氣，「這或許就是韋老師丟掉的、更重要的東西——『魅力』吧？」

這時候，音樂和舞蹈結束了，教室裡恢復平靜。八千萬按捺不住心中的喜悅，問道：「韋老師，您覺得怎麼樣？」

「非常精采，謝謝你們。」韋老師有些敷衍的說道。

八千萬的眼神裡閃過一絲不快，但隨即恢復正常，說道：「那我們先出去了。韋老師，加油！」

後援會成員離開後，韋老師說道：「嚇了我一跳，這是誰想出來的古怪舞蹈？」

「您以前好像很喜歡被他們簇擁著呀！」茶來說。

「以前他們哪會這樣異想天開？真是的，我越來越不明白大家的想法了。」

韋老師嘆了一口氣，「其實，我不太記得以前的自己到底是怎樣的人，也不太了解現在的自己。」

「別胡思亂想，只要您恢復變身能力，就能重新熟悉自己了。」

「我有一種預感，變身能力再也找不回來了，茶來，我仔細想了想，還是算了吧。」

「我也不想把這麼麻煩的事情攬上身，不過，您是我的老師，我不能袖手旁觀。既然已經約好，您就先跟著我修行，認真試一試，行嗎？」茶來語重心長的說。他的樣子和往常不太一樣，確實有些像老師。

「不過，我是你的老師，如今被你這個學生指導，我的臉要往哪兒擱呀？」

「哎喲！您沒盡過多少當老師的責任，倒是端起老師的架子了！這天底下還能找得到比我更好的變身術老師嗎？」

「是嗎？」韋老師上前幾步，抬頭看著茶來的眼睛，說道：「這些年你一直保持這醜八怪的形象，本領可能生疏了。我得檢查一下。」

「茶來，你為什麼不能把自己變得好看一點呢？」真真說。

「我有我的堅持，這是非常高貴的東西，你們當然不明白。」茶來一本正經的回答，在桌子上踱步，「不過，你們有這樣的疑問並不奇怪。我和老師不一樣，實在不喜歡每天變來變去，那多麻煩！我光是照管仲介公司和睡覺就很辛苦了。好吧！為了消除大家的疑惑，在下就獻醜了。」

文謅謅的話說完了還不夠，茶來又把他那毛茸茸的腦袋貼在桌面上，像是在朝大家行禮。知宵趕緊還禮，等他直起身子時，花貓茶來不見了，眼前只有一隻嗡嗡亂叫的蒼蠅。那蒼蠅故意飛到知宵身邊搗亂，知宵也不好伸手趕他，擔心不小心一掌將茶來拍死。

茶來又到別處打轉，他太小了，知宵根本不知道他去了哪裡。等到茶來再次出現，他變得和韋老師一模一樣，而且像是捕捉獵物的猛獸，在屋子裡橫衝直撞，故意圍繞著韋老師轉圈圈。

「快走開，我沒心情和你玩遊戲！」韋老師說。

「我比您更像您，」茶來晃了晃那一大團尾巴，「我有九條尾巴。」

然後，茶來跑到沈碧波身邊，用尾巴將他圍住，像是給他穿了一件厚重的大衣。沈碧波無法掙脫茶來，眼看就要生氣了，茶來哈哈笑著跑開，繼續圍繞韋老師打轉。

韋老師也有些不耐煩了，她想要趕走茶來，但是爪子剛碰到茶來的耳朵尖，茶來又變成一隻藍色的虎皮鸚鵡。

「韋清暉是個大壞蛋！韋清暉是個大壞蛋！」茶來拍打著翅膀，在半空中嘰哩呱啦的說。

「清暉」是韋老師的名字，只不過平常很少聽到有誰這樣稱呼她。知宵忍不住笑了起來，心想：「茶來真幼稚，好像幼稚園的小朋友！」

韋老師心煩意亂，跳起來想抓住茶來卻搆不著他，只好拿爪子抓地板出氣。茶來很快就安靜下來，那鮮亮的藍色身體改變了形狀，再落下來時，他變成了一顆籃球。籃球「嘭嘭嘭」落到地上又彈起來，地上的灰塵受了驚嚇，飛進空中，就像是為籃球伴舞。

彈跳幾次後，籃球不見了，一隻明黃色大蝴蝶飛過來。他揮舞著巨大的、薄薄的翅膀，從知宵眼前飛過。天氣晴朗，久違的陽光從高空降臨，斜斜照進窗裡，落在茶來的翅膀上，閃閃爍爍。知宵覺得茶來像一個自由自在的精靈，誰都不會忍心傷害他。

「啪」的一下，韋老師將那「精靈」摁在地板上，說道：「我雖然不會變身了，但不代表我奈何不了你！」

蝴蝶掙扎了幾下，又變成一頭威風凜凜的大獅子，與韋老師對峙著。旁觀的學生都不約而同的退到房間角落，以保護自己的安全。韋老師故意激怒茶來，說道：「變得再高大、再強壯又怎樣？在我心中，你永遠只是喵喵叫的小貓咪！」

一聲可怕的獅吼響徹整個房間，嚇得知宵打了個冷戰，抓住沈碧波的胳膊。

「韋老師，茶來，你們別鬧了！」沈碧波大聲說。

韋老師不肯退讓，茶來也玩得正高興。沈碧波的話剛說完，茶來便像真正的獅子一樣撲過去，韋老師機敏、靈巧的輕鬆避開。在房間裡追逐一番後，韋老師跳窗逃跑，茶來不甘落後，追了出去。知宵和其他學生走出教室，聽到獅吼聲從樓上傳來。

後援會成員與房客都好奇的湊過來，想知道發生了什麼事。聽完大家的講述後，八千萬笑嘻嘻的說：「韋老師這幾天明明一直沒精打采，剛才卻很有精神。這一定也是茶來安排的課程，實在高明！」

「真的是這樣嗎？」知宵半信半疑的說，「平常老是懶洋洋的茶來也很奇怪，我從來沒見過他這樣活潑、機靈。」

「這麼說來，變身課對雙方都有益處，他們的師徒關係真好呀！」白若說，「不對，我聽說韋老師和茶來的關係不太融洽。」

「確實有傳言說，韋老師和茶來很少往來，關係疏遠。」八千萬雙手抱胸說，「不過，哪怕關係再親密，也不需要天天見面。看他們師徒現在這樣子，傳言也就不攻自破了。」

這時候，茶來與韋老師的爭吵聲傳進大廳，大家便不再議論他們了。

第三章

變身課再開

韋老師和茶來從中庭的花園裡走來，這時茶來已經變成本來的花貓模樣。師徒倆你一言、我一語的爭辯著，情緒激動，口沫橫飛。

「茶來，看在多年師徒的分上，求你放我一馬吧！」韋老師嘆了一口氣，聲音低了下去，「我比誰都清楚自己永遠失去了變身能力，也慢慢習慣了現在的自己。我知道你是為我著想，非常感謝，但是也請你尊重我的想法，接受現在的我。」

「難道我要看著您自暴自棄、自甘墮落，還得高聲為您吶喊，承認您現在棒極了？您答應過會給我一年的時間，老師，請您遵守諾言！」

「我沒說要毀約，但也沒說就是眼下這一年呀！你能不能讓我先休息一下，緩一口氣？比如，休息一百年？」

「哼！這不過是藉口。我怎麼能看著您一天天沉淪？」

「那你不如耐心看著，看看我會沉到多深的水底去？」

師徒倆的爭論沒完沒了，知宵光是聽他們嘴裡不停說著「當年」、「那時候」、「要不是我」……，就明白他們一定把幾百年前的舊帳翻了出來，不知道要爭論到何時，這是相識太久的壞處。

幾分鐘後，真真忍不住打斷了韋老師與茶來：「你們能不能別吵了，今天到底還上不上課呀？」

茶來這才回過神來，說道：「當然要上課。馬上開始！」

大家再一次回到會客室。茶來讓學生們坐下，然後蹲在桌子上嚴肅的望著天花板，編織合適的開場白。等到再次開口時，茶來的聲音變得像往常一樣軟綿綿，剛才那興致勃勃表演變身術的茶來，與韋老師激動爭論的茶來，都已不見了蹤影。

「變身是一門藝術，就像畫畫。繪畫技巧很重要，但是，如果沒有掌握技巧，哪怕腦子裡已經有動人的鮮活畫面，也無法將它描繪在畫紙上。當然，光有技巧也不夠，就算你能將名畫完美複刻，畫出栩栩如生的鳥兒和花草，若沒有自己的理念，沒有迫切想要表達的東西，你的畫作也無法打動觀畫者。」

為了學會變身術，知宵特別拿出最喜歡的筆記本，準備認真記下老師的話語。

他從小喜歡畫畫，似乎有些明白，便提筆在本子上寫下「變身像畫畫」幾個字。

「當然，你們不用對自己要求太高，只要掌握技巧就好，追求藝術對你們來說太難了，不是誰都能像我一樣有天分。正式學習前，你們必須牢牢記住，變身是你和自己的戰鬥，你必須說服身體的每一個細胞，讓它們聽你指揮。你要超出軀殼來看待自己，不要被形體束縛。不要自我設限，要相信自己；不要想像自己變成了樹、花、鳥、雲、風，要相信自己就是樹、花、鳥、雲、風……」

茶來的話高深莫測，知宵聽得一頭霧水，不過還是奮筆疾書，寫下大意，心想，或許過幾天就明白了。這時，茶來蹦過來蹲在知宵的筆記本上，關切的望著他。

「不需要記錄，知宵，寫下來的只是變身方法的殘骸，是毫無用處的死物，你要思考。」茶來說。

知宵只好合上筆記本，轉頭看看其他旁聽的學生，大家的表情都很認真、嚴肅，彷彿完全理解了茶來的話，不想認輸的知宵也模仿大家的表情繼續聽課。他無意中看到韋老師蜷縮在窗邊的沙發，閉著眼睛，像是睡著了。

「變身的訣竅都在尾巴裡。」茶來從桌子的這一端走向另一端，「你要感受自己的尾巴，和它對話、交流並說服它，與它成為朋友。如果你沒有一條敏感的尾巴，便永遠無法學會變身的本領……」

知宵忍不住舉起手來。「我沒有尾巴，那該怎麼辦？」

「你有，只是你看不到。」

「嗯？」知宵忍不住回頭看了看，「我覺得應該沒有，我一直都沒發現。人類沒有尾巴，太奶奶雖然是雪妖，大家都說她外表和人類沒有多少差別，但是她應該也沒有尾巴。」

「你要想像自己有一條尾巴。」

茶來循循善誘，目光中充滿鼓勵。知宵使勁點點頭，咬緊嘴脣，努力想像著自己的尾巴。他真想拿起筆記本，先畫下尾巴的草圖，再按照圖片聯想。

「沒有尾巴的妖怪變身時，都要想像自己有一條尾巴嗎？」沈碧波說，「茶來，你是不是隨口亂說的？」

茶來忍不住笑起來，他看看知宵，說道：「反正我的所有變身靈感都在尾巴裡，至於你們，我怎麼可能知道？你們自己想辦法找到它，我不負責這個。」

「我倒是和你一樣，茶來。」韋老師說，「我的變身靈感都在那條遺失的尾巴裡。現在不僅是變身的靈感，我的快樂、信心和對世界的愛，全部受到重創！」

「您可以想像那條尾巴還在。」茶來提議道。

「不用想。今天上午醒來的時候，我也以為它還在，興奮得想要跳舞。可是我認真數了數，還是只有八條。」

「那您應該和剩下的八條尾巴好好交流，您的變身能力不可能都在那條丟掉的尾巴裡。」茶來又說。

「你又不是我，怎麼會知道？」

「老師，請不要給自己找藉口。」

韋老師似乎不愛聽，用尾巴擋住自己的臉。茶來無奈的說：「現在我是老師，請您拿開尾巴，認真聽講。」

韋老師果真拿開了尾巴，小聲嘀咕著：「要不是你一直在我耳邊喵喵叫，我怎麼會答應你？」

茶來沒有理會韋老師的埋怨，他看看其他學生，說道：「現在，請大家閉上眼睛。」

知宵乖乖照做了。當他的世界只有黑暗時，耳朵也變得異常敏銳。拉窗簾的聲音、白若在隔壁房間說話的聲音、大家的呼吸聲，他都聽到了。這些聲音彷彿變成了各式各樣的色彩，在黑暗中湧動，拼成一幅抽象畫。

這時候，濃郁的香氣鑽進知宵的鼻子，他忍不住睜開眼，看到桌上多了一個香爐，香氣正從裡面冒出來。

「李知宵，請聽老師的話。」

茶來的聲音幽幽傳來，知宵趕緊閉上眼睛。只聽到茶來又說：「現在，大家深呼吸幾次，排除心中的雜念，什麼也別想。」

音樂聲響起，並不難聽，但很古怪。那樂曲中似乎有小小的尖刺，讓知宵耳朵發癢；那聲音裡似乎有迷藥，令知宵頭暈。

「到底在唱些什麼呀？我一個字也聽不懂。它真的有用嗎？」知宵在心裡嘀咕，「不行，茶來說什麼也不要想！」

然而，越是強迫自己心無雜念，心中的雜念越多。不知不覺中，知宵又開始想像起他那看不見的尾巴，那必須是獨一無二的尾巴。它會不停生長，生出許多枝椏，綠葉繁茂，長成一棵參天大樹。

「曲江曾說，他有一位朋友死了之後長成了一棵樹。」知宵的思緒越飄越遠，「等到曲江旅行回來，我要再問問他那棵樹長在哪裡，我想去看一看。不行，現在別想什麼大樹，要想尾巴的事。尾巴尾巴尾巴……不對，現在不能想尾巴，什麼都不能想！」

沒過多久，受到音樂與香氣的影響，知宵果然腦袋一片空白，把什麼都忘了。他的身體變得輕飄飄，明明坐在椅子上，卻再也感受不到它；明明雙腳踩在地板上，卻像踩在空中。知宵感覺自己像是一條河，歡快的朝著廣闊無邊的大海流淌。

香燒完了，音樂結束，不知不覺已經五點了。

「我怎麼感覺才過了幾分鐘！」知宵自言自語。事實證明他一直坐在椅子上，哪兒也沒去，而且因為久坐，還有些腰酸背痛，屁股也痛。

「大家感覺如何？」茶來問道。

學生們都很茫然，誰也沒有說話，只是你看看我，我看看你。知宵覺得現在的他和兩點半時的他沒有任何區別，看來大家也一樣，他這才安心了。

茶來看向韋老師，問道：「您呢？」

「一點香氣和一首奇怪的歌，當然不會有用。」韋老師不耐煩的說，「茶來，請你放過我，讓我歸隱，好不好？」

「一切才剛剛開始。如果變身是一條路，這堂課我不過是把您引到了路口，還要走很久、很久才行。變化不會突然就來，您不要灰心。」茶來信心滿滿的說。

敲門聲響起，知宵起身去開門，鼠妖柯立走了進來。

柯立是客棧經理，他還有一份人類世界的工作。平常不上班時，他總是不修邊幅，哪怕是冬天，也愛穿著花花綠綠的夏威夷衫和皺巴巴的短褲，可是，今天他的外表異常整潔，可能因為韋老師在客棧，才刻意打扮了一番。

「各位辛苦了，尤其是韋老師。」柯立笑咪咪的說，「接下來，請移步到餐廳喝點湯、暖暖身子。」

大家離開會客室來到餐桌旁，柯立的姪子們——包子、餃子和饅頭，已經將濃湯盛好，也笑咪咪的站在旁邊。知宵看看眼前的碗，發現墨綠色的湯聞起來像瀝青，絕對不可能是食物。

柯立向來穩重又可靠，從來沒做過如此可疑又可怕的食物。知宵的臉皺成一團，恨不得把湯潑到窗外。其他學生也一臉嫌棄，只有茶來熱情高漲的說：「大家不要客氣，快喝呀！」

「這是我特別熬的湯，可以幫助你們學習變身術。」柯立說。

「我好像不太想學變身術了，可不可以不喝？」知宵問。

「喵喵，」茶來跑到知宵面前，不屑的說，「我就知道你很快會放棄。因為你身邊淨是一群沒原則、整天把你誇上天的傢伙，你再蠢、再笨，他們也覺得你好。」

「茶來，你說話也太難聽了！」包子嚷嚷道，「我們當然希望知宵學習、成長，但他畢竟是人類小孩子。你不要對他要求太高，欲速則不達。」

「正因為他是人類，生命短暫，才沒時間慢慢來。」茶來道。

「那可不一定，知宵還有很多天賦，連他自己都沒發現。等他有一天覺醒過來，十天半個月就能超過你！」饅頭說。

「沒錯，小老闆最擅長的事就是出乎大家的預料！」餃子接著說。

知宵當然喜歡聽大家誇他，不過，如果任由他們爭吵，茶來很快就會亮出爪子，把鼠妖三兄弟嚇得抱頭鼠竄。於是，知宵打斷他們，說：「我都明白了，不就是一碗湯嗎？我馬上就喝了它！」

「那就麻煩你幫我們先嘗嘗味道。」阿吉小聲說。

「一切都靠你了！」沈碧波說。

知宵在心裡嗔怪自己多嘴，但是轉念又想：「柯立燒的菜一直很好吃，我應該相信他。」他端起湯碗，深吸一口氣，大口、大口的將湯灌進喉嚨。

「味道怎麼樣？」阿吉問。

「還不錯。」知宵說。

大家這才鼓起勇氣喝湯，只有韋老師依然一動不動。柯立來到韋老師身邊，請她嘗一嘗。

「別看我，我絕對不要喝這種噁心的東西。」韋老師說。

「您要相信我啊！您以前不是說我燒的菜最好吃嗎？我今天特別向公司請了假，就是為了給您熬幾道湯呀！」柯立說。

「很抱歉剛剛說了失禮的話，柯立。我相信你的廚藝，但我真的沒胃口。」

「您受了重傷，更需要補充營養。」

「放心，哪怕一整年不吃東西，我也餓不死，我又不是人類。」

「韋老師！」柯立提高了聲音，似乎生氣了。在食物一事上他很執著。

韋老師沒有回答，她已經閉上眼睛，又拿尾巴擋住臉，誰也不搭理。柯立嘆了一口氣，不再繼續強迫她。

喝完湯，變身課繼續進行。韋老師卻不願挪動身體，她對茶來說：「茶來，今天的課就上到這裡吧！我累得骨頭都快散了。」

「真是巧了，我積攢了好幾百年的精力已經全用光，現在也渾身酸痛呢！今天就到此為止吧！」茶來說。

「恕我直言，」柯立說，「這樣的修行就像學生的課外活動，我覺得還是應該更認真些。」

韋老師像是沒聽到柯立的話，又說：「對了，茶來，我還有一個想法。最近我不太喜歡待在城裡，老覺得渾身不舒服，我們能不能回到仙境去上課？」

「我早就這樣說過，昨天您不是還反對嗎？」茶來說。

「今日的我習慣否定昨日的我。」韋老師說。

「那好吧！按原先的計畫，明天我們去白水鄉吧！那裡畢竟是您的家鄉。」

「太好了！」知宵忍不住嚷嚷起來。

「我們要去那裡待多久？要帶些什麼東西才好？」真真也興致勃勃。

「你們平常旅遊帶些什麼，這次就帶什麼。可別以為這是去遊玩，我們要住在山洞裡！」茶來大聲說。

「一定要住山洞嗎？我想露營！」沈碧波說。

茶來乜斜著眼睛看著他的學生，一個字也不想說。

第四章

橘樹下的神祕客

這天，柯立興致勃勃的準備做一桌豐盛的菜肴，他還留下沈碧波與真真一家吃晚飯。知宵很喜歡熱鬧的聚會，一會兒和真真、沈碧波一起玩，一會兒去找房客聊天，一會兒又跑去廚房幫柯立的忙。不知道柯立在鍋裡放了什麼香料，氣味並不濃重，卻嗆得知宵直咳嗽，眼淚也流了出來。

知宵趕緊離開廚房，趴在隔壁房間的窗戶呼吸新鮮空氣。他的心正歡呼、雀躍，被一種強烈的期待占據。不單單是期待明天的旅行，更期待著任何將會出現在他生命裡的事物。哪怕是困難與憂愁，他也不會害怕、不會閃躲，此時的知宵信心滿滿。

「茶來的課程還是有用的呀！」知宵喜孜孜的想。

窗外是妖怪客棧的後院，面積不大，也不像中庭花園種滿奇花異草，但經過轟隆隆的細心照料卻很精緻。小院的西南角種了一株橘樹，明明沒有風，枝葉卻突然猛烈搖晃起來。知宵隱約看到樹下站著一個人，那人好像穿著長到腳踝的深色衣服。他把腦袋伸出窗外，想看得真切一些，可是那身影依然是一團模糊。

「難道我的眼睛近視了？」

這樣想著，知宵轉頭看向院子外，能夠看清別棟大樓的輪廓，說明他的視力正常。知宵再度將目光投向橘樹下，他依然看不清那個身影。

很久、很久以前，定居在城中的妖怪達成共識，互相尊重、互相扶持，與人類和平共處。大家會輪流值班，維持治安，因此城裡向來很安寧。當然，不時也會有意外發生，比如說一年多前，知宵的父親過世，就曾有幾個小妖怪上門找碴兒。當時房客們輕輕鬆鬆將那幾個妖怪打發走了，曲江卻故意將情況描述得很嚴重，聲稱有一大群妖怪上門鬧事。

過了好一陣子，得知實際情況的知宵跑去找曲江理論，他卻一臉無辜的說：「我當然不是為了嚇唬你，只是希望你更努力一些，承擔起照管妖怪客棧的責任。有責任才有動力呀！」

話雖如此，知宵還是有些擔心，不由得提高了警惕。不過房客們都在，茶來與韋老師也在，沒什麼好害怕的。

院子裡的人會不會是想要投宿的旅客？於是知宵主動出聲問道：「你好，請問你要住店嗎？」

「我想找清暉。」樹下的訪客說。他的聲音很獨特，像是從深深的山洞裡傳來的，遙遠、冰冷、毫無感情，但與冬天很相配。

「韋老師在客棧裡，你要進來嗎？我幫你開門。」知宵又問。

「不用，你叫她出來吧！」

「好的。」

知宵覺得訪客的聲音有些耳熟，以前可能在哪裡聽到過，但一時間實在想不起來。他來到四樓，將訪客到來的事情告訴韋老師。

正懶洋洋趴在地毯上的韋老師說：「你帶阿觀上來吧！」

「阿觀？」知宵喃喃念道，「我好像在哪兒聽過這個名字。」

「你沒聽過阿觀的名字才會讓我覺得意外呢！」韋老師說，「畢竟，阿觀在這座城市住了很久、很久，比眼下城裡任何一個妖怪待在這兒的時間都要長得多。不過，他個性靦腆，不喜歡刺目的陽光，不喜歡空曠的地面世界，所以很少露面。」

「不喜歡地面世界，那他住在哪兒？地底嗎？」知宵問道。

「沒錯，他的家就在月湖公園下面。知宵，你好像完全不知道阿觀的存在，真是奇怪。」

「我以前幾乎只接觸過住在妖怪客棧裡的房客。」知宵說。

韋老師想了想，說：「你父親考慮得很周全，他可能想等你長大些，再讓你接觸我們，而阿觀又把自己嚴嚴實實的擋住了。他的個性很溫和，你不用害怕，領他到我這兒來吧！」

知宵點點頭，下樓來到院子裡，將阿觀迎進門。

知宵不太明白以前的自己到底在想些什麼。繼承妖怪客棧前，他已經知道有許多妖怪長住在這座城市，但他好像從來沒想過要主動結識大家。現在，知宵的想法完全不一樣了，他希望與城裡的每一個妖怪成為朋友，想要更加了解自己生活了十二年的地方。

知宵主動和阿觀打招呼，做了簡短的自我介紹，等待阿觀的回應。然而阿觀只是默默走路，彷彿沒聽見他的話。知宵有些沮喪，不過，一如韋老師所說，阿觀個性內斂，或許再多見幾次面就好了吧？

房客們大多在大廳裡閒聊，等著開飯。阿觀進門後，大家突然安靜下來，就像吵吵鬧鬧的學生看到了嚴厲的班導師。最後，八千萬走上前來，笑著說道：「真是稀客呀！歡迎，歡迎。」

阿觀依然沉默不語，跟著知宵往樓上走。茶來就在四樓的樓梯口等著，他一動不動的蹲在地板上，眼睛裡射出兩道寒光。知宵從來沒見過這樣的茶來，著實嚇了一跳，不由得停下腳步，阿觀也跟著停下來。很快的知宵便發現，茶來看的不是自己，而是他身後的阿觀。知宵鬆了一口氣，趕緊悄悄朝旁邊挪了挪。

「喲！好久不見。」茶來的聲音也是冷冰冰的。

阿觀沒有應答，可怕的沉默將知宵團團圍住。知宵是客棧的主人，他感覺自己應該說點什麼來緩和氣氛，於是說道：「茶來，請讓一讓。」

茶來不為所動。這時韋老師走過來，說：「茶來，你能不能表現得友好一些？」

「友好是很珍貴的東西，哪能隨便給出去？」茶來惡聲惡氣的說，「仲介公司搬來這城裡的第一天我就決定，只要他不冒犯我，我絕對不會主動挑釁，雖然我光是聽到他的名字就覺得厭煩。地下是他的地盤，金月樓是我的地盤，請乖乖滾出去，可以嗎？」

「哎呀！都是陳年往事了，你還在生氣嗎？」韋老師說。

「沒錯，我心眼小，無法遺忘，也無法原諒！」

「那你也一直在埋怨我，是不是？」

茶來轉頭看著韋老師，什麼也沒說，就往仲介公司辦公室奔去。知宵看看茶來的背影，又看看阿觀和韋老師，心想：「茶來和阿觀之間有仇嗎？他為什麼要埋怨韋老師呢？傳言說茶來和韋老師的關係不太好，難道是真的？」

「看來他還在生氣呀！」韋老師無奈的說，「明明那麼懶散，生氣這件事情竟然能堅持這麼長的時間。」

「清暉，你還是由著他胡鬧。」阿觀的聲音溫柔多了，「你一定很累吧？什麼都不要管，好好休息一下。」

「胡鬧？沒有啊！」韋老師說，「你是指我跟著茶來修行變身術的事嗎？我答應他了呀！沒辦法。知宵，謝謝你，你先下樓去吧！」

知宵剛回到樓下，真真和沈碧波就將他一把拽住，兩個人興致勃勃的問起阿觀的事來。

「我什麼都不知道，又看不清他的樣子。」知宵說，「你們以前見過他嗎？他到底長什麼模樣？」

「一次也沒見過，阿觀是城裡最神祕的妖怪。」沈碧波說，「我以前很好奇，特地打聽過阿觀的事。很久以前，月湖公園還沒有湖，而是一口古井。井裡的水很清甜，附近的人每天都來打水。阿觀就是從那口井裡誕生的精靈，他的外表和人類幾乎沒有差別，但是皮膚上布滿花紋。因為他很少露面，即使來到地面世界，也會用法術把自己藏起來，所以知道他真面目的妖怪很少。」

「我也聽說過阿觀身上的花紋！」真真說，「那好像不是天生的，或許是他自己畫上去的？它們就像客棧裡的壁畫，可以自由在皮膚上移動，也能離開他的身體。」

「那口井去哪兒了呢？」知宵問。

「後來不知道為什麼，古井乾涸了，又在城市建設中被填埋。」沈碧波說，「阿觀的家是他在地底下開闢的小小異空間，哪怕人類的機械將月湖公園翻個底朝天，也找不到那裡。」

「真奇怪，為什麼阿觀會任由人類毀掉古井呢？」知宵說，「他只要使一個小法術，就能輕鬆將古井藏起來呀！」

「我也有這樣的疑問，還向許多比較了解阿觀的妖怪請教，他們也都沒給出答案。」沈碧波說。

「我想起來一件事。」真真說，「我們家搬回這裡之前，有一次我和爸爸、媽媽一起來城裡找親戚時，聽到爸爸說起阿觀。阿觀的家好像非常漂亮，可是他不歡迎任何人進家門。當時我沒有其他事情可做，就跑去月湖公園唱歌，還故意唱得特別難聽，想引起阿觀的注意。」

「為什麼要這麼做？」知宵問。

真真笑了起來：「阿觀愛好音樂，他一定沒辦法忍受我唱歌走音，會忍不住出來糾正。結果我唱得嗓子都快啞了，阿觀也沒出現。」

知宵也忍不住笑著問：「阿觀和茶來的關係好像不太好，你們知道嗎？」

真真和沈碧波都搖搖頭，知宵便將剛剛發生在樓梯間的小插曲告訴他們。這時八千萬走了過來，說：「阿觀還在客棧你們就開始議論他，這樣不太好吧？」

三個人這才感覺到自己的行為確實不恰當，可是知宵還有一些疑問，不弄清楚心裡不舒服，於是小聲問八千萬：「大家有些害怕阿觀，是不是？」

八千萬嘆了一口氣，說道：「不是害怕，是驚訝。我們雖然住在同一座城市，阿觀卻很少來地面的世界，就算要來也會趁著晚上悄悄的來。我上一次見到他，應該是十多年前。誰也不了解阿觀，不知道該怎樣和他相處。」

「那你知道茶來和阿觀為什麼關係不好嗎？」真真問道。

「這個嘛……」八千萬雙手抱胸說，「有一次在辦公室裡聊天，茶來突然講到阿觀。聽茶來說話的語氣，他應該不喜歡阿觀。至於原因，我就不太清楚了。茶來雖然是韋老師的弟子，以前我們卻從沒見他出現在城裡，所以才會有他與韋老師不和的傳言。如果他和阿觀有什麼不合，一定也是很久以前結下的，除了他們自己，恐怕誰也不清楚。」

「茶來反對螭吻將仲介公司搬到客棧裡，會不會就是因為阿觀住在這裡？」真真說。

這時，阿觀從樓上下來了。知宵趕緊起身，笑盈盈的要送阿觀出門。不知為什麼，阿觀突然停下腳步，轉身來到大廳的窗戶邊。

他要做什麼呢？知宵半瞇著眼睛望過去，總算看得清楚一些，他發現阿觀正抬頭張望天花板。知宵也抬起頭來，看到了牆上的鳥兒。

妖怪客棧的牆壁上繪有兩隻巨大的鳥兒，那是三年前一位房客留下的禮物。它們擁有五彩斑斕的羽毛，最漂亮的是它們那長達兩米的尾巴，分別像是捲曲纏繞的植物與燃燒的火焰。這兩隻鳥兒能夠在牆壁上四處移動，此刻待在大廳天花板上的是火焰尾巴的鳥兒。很多初次來金月樓住宿的房客，都會被這兩隻鳥兒吸引，但是知宵早就見怪不怪了。

「小老闆，不好了。」白若飛過來落在知宵肩頭，「我們的壁畫保不住了。」

「為什麼？」知宵小聲問道。

牆上的鳥兒朝著知宵這邊緩緩移動，阿觀也慢慢靠過來，白若便不再說什麼。鳥兒繼續前行，阿觀一直跟著鳥兒，再一次上了樓。

「他想要的東西一定會不擇手段的得到。」白若這才將剛剛的話說完，然後跟著阿觀上樓，就像在提防小偷。

十多分鐘後，阿觀從樓上下來，來到知宵面前。他的身影依然模糊不清，不過知宵感覺到他正看著自己。他的目光落在知宵身上，癢癢的，像有小蟲子爬過。

「牆上的鳥兒真好看，可以送給我嗎？我會拿同樣好的東西與你交換。」阿觀說。

「不行。」知宵想也沒想便拒絕了。

「哎喲！聽聽看到底是什麼東西再做決定也不遲嘛！」山妖咕嚕嚕笑嘻嘻的伸手攬住知宵的肩膀。

「對啊！再讓誰畫兩隻鳥兒填補空缺不就好了？舊的不去，新的不來。」山妖嘩啦啦說。

「我喜歡現在的壁畫，我不想換，非常抱歉。」知宵又說。

知宵從小就對鳥類很感興趣，沒事便喜歡翻閱鳥類圖鑑。當年，那位房客知道知宵的興趣與愛好，才在牆上畫下鳥兒。畫畫的當時，知宵一直站在旁邊觀看，他甚至還得到機會親自給鳥兒的眼珠上色。知宵一直將兩隻鳥兒當成房客留給自己的禮物，當然不想失去它們。

阿觀似乎感受到了知宵的堅決，他沒再說話，悄悄的從後門離去。客棧裡的氣氛頓時輕鬆多了，大家又開始高聲談天。

「阿觀終於學會禮節了。要是在以前，如果你不同意交換，他一定會強行把壁畫鳥兒拿走。」白若說。

「真的嗎？」知宵說，「我覺得阿觀不會做這樣的事情。」

白若無奈的嘆了一口氣，說道：「小老闆，你的鼻子幾乎是個裝飾物，聞不出任何氣味，你的感覺當然不可靠。阿觀曾經盜走風來山莊的東西，幸好蒲牢大人寬容大度，他才能全身而退。」

「那是好久以前的事了，我也聽說過。」八千萬說，「不僅因為蒲牢大人性子好，還有韋老師從中斡旋。那次事件後，阿觀就本分多了，後來幾乎沒再發生類似的行為。白若，是你擔心過度了。」

「沒聽說只意味著沒被發現，他到底有沒有改掉這個壞毛病，那就說不準了。」白若一本正經說道，「我對不肯以真面目示人的阿觀，沒有任何信心。」

這時，柯立匆匆從廚房裡跑出來，問起阿觀的事。得知阿觀已經離開，他有些沮喪的說：「唉！我本來想留他一起吃飯。」

「他一定不會同意，留不留都一樣。」白若說，「柯立，無論你多麼熱情、溫暖，都不可能感動阿觀的心，他根本不想與我們有任何來往。」

「我們這裡熱熱鬧鬧，阿觀那邊冷冷清清，我有些過意不去。」柯立說。

「阿觀喜歡獨自待著，他並不覺得自己家裡冷清，是你想太多了。」白若說，「而且，我們金月樓向來敞開懷抱接納四面八方的朋友，他要是願意來，我們隨時歡迎。」

柯立點頭贊同，回到廚房裡。很快晚餐時間到了，所有的菜肴都異常美味，大家都讚不絕口，美中不足的是，韋老師沒有和大家一起用餐。吃完晚餐後，知宵便急匆匆的回家去了。

下午的變身課結束後，知宵打電話給媽媽，得到了明天出遠門的許可。茶來計畫一口氣在白水鄉待上一整年，持續修行的時間越長，韋老師恢復變身能力的可能性越大。知宵、真真和沈碧波沒辦法久留，最多待一個星期就得回家。

新學期就要開始了，小學時代的最後半年，學校生活一定非常忙碌。知宵明白，他不可能在一個星期內學會變身術，變得像孫悟空那樣，上天入地無所不能，可是他的心裡依然充滿期待。

「等我從白水鄉回來，多多少少會變得不一樣吧？」知宵忍不住想。

到家後，知宵興沖沖的找出他的藍色背包。它看起來平平無奇，但是充滿神奇的魔法。背包裡空間很大，足夠裝下他房間裡的所有東西。這是他去年生日時從曲江那兒得到的禮物，他還記得，當時曲江慎重其事的說，希望他走得更遠。

洗漱用品、換洗衣物、ＯＫ繃、剪刀、課外書，知宵把想到的東西全都塞進書包裡，他的心彷彿也被填滿了，充實又幸福。時間不早了，知宵趕緊上床睡覺。

為了收拾行李，知宵幾乎翻遍了整個房間。舊日時光的氣味從抽屜、櫃子和盒子裡飄出來，瀰漫開來。知宵不討厭這種氣息，反而覺得踏實，哪怕外面電閃、雷鳴，狂風、暴雨，他都不會害怕，他知道自己是安全的。

下午茶來在課堂上播放的古怪音樂，趁著夜深人靜時，又自顧自的在腦海裡迴盪，像是搖籃曲，知宵很快便沉沉睡去了。

第五章

前往白水鄉

第二天早晨七點多，知宵便來到妖怪客棧。雖然許多妖怪喜歡在夜間活動，客棧的房客與人類相處的時間長了，多少受到影響，作息也有些改變，不過他們都習慣晚起，此時客棧裡靜悄悄的。只有柯立例外。他在人類的公司找到一份中意的工作，每天得早起去上班，現在他應該正在吃早餐吧。知宵放下書包朝廚房走去，柯立的聲音卻從身後傳來。

「小老闆，你快看看。」

柯立來到知宵身邊，遞給他一張紙條，上面寫著：用它來交換牆壁上的鳥兒。

就這樣乾巴巴的一句話，沒有抬頭也沒有署名。阿吉也揉著眼睛從樓梯間走過來，伸長脖子打量紙條上的內容。

「應該是阿觀留下來的。」柯立說，「我把客棧上上下下都找遍了，沒有發現鳥兒，一定是被拿走了。聽說，阿觀活了超過五百年，果然功力深厚，昨天晚上我們都睡得死死的，誰也沒察覺到有什麼異樣。」

「『它』指的是什麼？」阿吉問道。

「金子。」

柯立將一塊金子遞給知宵，知宵拿起來看了看，又把金子放回柯立手心裡，說道：「我又沒同意把壁畫鳥兒賣給阿觀，他怎麼能這樣！」

「沒辦法，偷拿別人的東西是他的老本行嘛！」茶來慢悠悠從樓上下來，邊說邊走，「他還曾經想把一個可愛的孩子騙到他那暗無天日的家裡，幸好孩子的父母及時發現。你們最好回各自的房間，好好清點一下自己的東西，說不定他還拿走了其他寶貝。」

「有道理。我把大家叫醒，讓大家都檢查一下！」柯立說。

「我的盆栽不知道還在不在！」阿吉說。

柯立和阿吉匆匆忙忙跑進樓梯間，知宵沒有跟上去，他對茶來的話感到好奇，追問著：「阿觀真的想騙走一個小孩子嗎？到底是怎麼回事？」

「我也只是聽說，誰知道是不是真的？不過，無風不起浪。你也回自己的房間看看吧！」

「我沒有把任何寶貝放在客棧裡。」知宵說。

話雖如此，知宵還是跑上樓到自己房裡清點物品。他從韋老師那兒借來的兩本書還在，還有一本從父親書房拿過來的字典，是父親學生時代用過的，知宵一直很珍視，它也還在。另外，他從父親那裡繼承的、曾經也屬於爺爺和太奶奶的玉珮，依然安穩的掛在他的脖子上。其他的東西哪怕是丟了，知宵也不會太在意，所以就沒怎麼用心清點。

半個小時後，房客們都聚集在樓下的大廳，真真和沈碧波都來了，韋老師也在。幸運的是，除了壁畫裡的鳥兒，大家並沒有丟失別的東西。

「阿觀到底怎麼回事？連『未經允許不能拿走別人的東西』這樣簡單的道理也不明白？」白若嚷嚷道，「昨天晚上我還誇他終於學會了禮節，現在我要收回說過的話！」

「老實講，阿觀的品味真奇怪，」咕嚕嚕摸著下巴，一本正經的說，「牆上的鳥兒有什麼稀奇？白送我都不要，他竟然拿金子來交換！」

「呵，你們只看得上閃閃發光的東西，才是品味低下呢！」白若飛到知宵肩頭，「小老闆，我們該怎麼辦？」

「再多的金子都沒用，我要把鳥兒拿回來！」知宵說，「我們現在就去阿觀家裡找他。」

「等一等！」韋老師說，「阿觀應該不會讓你進門。知宵，你在客棧裡等著，我去找他。唉！我果然還是不該回來，哪怕再風平浪靜，三天兩頭總有一、兩件麻煩事。」

韋老師快步離開客棧，而且不到一個小時就回來了。她沒有拿回任何東西，阿觀也沒有和她一起來。

「阿觀很喜歡鳥兒，想要好好欣賞幾天。不過他答應了，一個星期後，等知宵從白水鄉回來，他會歸還牆上的鳥兒，並且主動道歉。阿觀向來很愛惜東西，他答應過我的事從不食言。」說著，韋老師看著知宵，問道：「大家住在同一座城市，應該互相包容、諒解。知宵，你覺得呢？」

韋老師的目光溫暖又真誠，儘管依然在生氣，知宵還是點頭同意了。可是，一直靜靜趴在沙發上睡覺的茶來突然睜開眼睛，說道：「知宵和阿觀沒有任何交情，他也沒有理由一定要包容阿觀。老師，您還是在偏袒阿觀。」

「阿觀沒有惡意，他只是個性內斂，有些孩子氣，不太清楚如何與大家相處。沒錯，或許我是有些偏袒他，那也是因為他信任我。既然知宵都同意了，茶來，請你也暫時放下對阿觀的不滿，好嗎？」韋老師扭頭看看窗外，「時間不早了，我們該出發了。」說完，韋老師嘆了一口氣。

知宵發現韋老師常常嘆氣，受到感染的他也想嘆氣了。荼來沒再說什麼，帶領大家走向妖怪客棧的側門。

「阿吉，你要把盆栽一起帶過去嗎？」知宵問道。

阿吉的盆栽是「夢裡花」，本來生長在別人的夢境，後來被鮫人波粼粼帶來現實世界。一年多前阿吉住進客棧時，唯一的財產就是這個盆栽。那時候，盆栽已經有一個花苞，隨著時間流逝，花苞越來越飽滿。明天它就會開放了吧？大家一直這樣期盼著，可是，直到如今它依然不願意綻放。

「花兒隨時可能開放，我當然要隨身攜帶。」阿吉說。

「如果它在白水鄉開放，我們不就看不到了？」知宵又說。

「別擔心，到時我會回客棧來，讓大家一起賞花。」

很快的，大家來到了客棧的側門前，門的那一邊便是仙路。

仙路並不存在於人類世界，人類看不見也找不到它。這些路可以極力縮短兩地的距離，還可以通往仙境。這座城市裡有好多個仙路的入口，路邊還藏著一隻大眼睛，以提醒行路者。

一踏進仙路，知宵便有一種奇異的感覺。一切都變得不真實，每往前一步，雖然腳底下穩穩的，知宵卻感覺自己踩在空氣裡。這裡總是光線昏暗，不時還會有人類世界與仙境世界的影子投射進來；聲音也一樣。有一次知宵聽到喇叭聲，還以為汽車也開進來了。

仙路數量眾多，像迷宮般錯綜複雜，房客們不讓知宵獨自到裡面玩耍，大家擔心他迷了路再也出不來，知宵也不敢輕易去冒險。況且，知宵一直不習慣待在仙路裡，因為時間一久就會覺得頭暈。

沒走多久，韋老師突然停下腳步，趴在地上。茶來轉過身來問道：「您又想怎樣？」他的聲音裡透出不耐煩，似乎還在氣韋老師偏袒阿觀。

「沒什麼，我只是突然又忘了怎麼走路。你們先走吧！我在這裡休息一會兒，好好回想一下，很快就趕上你們。」韋老師說。

「我們怎麼能狠心將您拋下？放心吧！我們會把您抬到白水鄉。知宵、真真，你們幾個快來幫幫韋老師！」

此刻茶來才是老師，於是，大家聽從他的吩咐走上前去，韋老師突然又站了起來，說道：「好了，好了，我想起怎麼走路了，不必麻煩你們。」

「老師，您能不能認真一點？」茶來沒好氣的說。

「說起來容易，茶來。哪天要是你的尾巴也沒了，我倒想看看你的態度會怎樣。」

茶來不再說話，轉頭繼續帶領大家前行。彷彿過了很久、很久，大家終於走出仙路，來到一片樹林。

人類的世界冷颼颼的，但是白水鄉溫暖又濕潤。這裡的樹木高大、茂盛，枝椏緊緊交纏在一起，幾乎將天空擋住了，散布在樹幹上的苔蘚，彷彿為大樹穿上了衣裳。此外，空氣更是清新、濕潤，還甜絲絲的，知宵猛吸了幾口氣，立刻覺得神清氣爽。

「不好意思，打擾了！」茶來對著空氣大聲說道，「我們會在白水鄉待一段時間，這三個人類小孩也請多多關照！」說罷，茶來一一介紹了知宵、真真和沈碧波，不過並沒有誰回答他。茶來也不在意，繼續帶領大家往前走。

「你在跟誰說話？」知宵忍不住問道。

「當然是掌管此地的白虎神大人。仙境不歡迎人類，這是眾所周知的事，所以，我得先和他打個招呼。」茶來說。

「茶來，我們到底要去什麼地方？」阿吉也問道。

「你們到了就會明白，那兒可是我的祕密基地。」茶來說。

「你會這麼大方的把祕密基地告訴我們？」沈碧波說。

「我還有好多個祕密基地呀！不然怎麼存放我那一萬多個祕密？」茶來快活的說，「你們放心，我已經清空這個基地裡的所有祕密了。」

「真好。」知宵不禁有些羡慕茶來，他暗暗想著，等到長大一些、去過更多的地方後，他也要建造幾個屬於自己的祕密基地。

一路上的風景看不完，知宵恨不得再長出幾雙眼睛來。也不知走了多久，他聽到了一聲鳥鳴。那聲音並不響亮，但是拖得很長、很長，就像一顆石子落進水裡、漾起波紋再緩緩蕩開，水面久久難以平靜。即使那鳥鳴已從天空中消失，卻好像還在知宵的心頭迴盪。

「茶來老師，那是什麼鳥兒呀？」知宵問。

「木客鳥。」

「叫聲真特別。」

「聽起來像是生了很重、很重的病，快要斷氣了。」真真說。

「只是聲音聽起來虛弱罷了，木客鳥是一群快樂又頑皮的小傢伙。」茶來說，「他們也是白水鄉的守衛，若是有人類擅自闖進來，就會受到他們的『熱情歡迎』。他們沒來找我們麻煩，說明白虎神同意你們進來。不過，你們畢竟是人類，別指望木客鳥會喜歡你們。」

「嚴格來講，我們三個都算不上是真正的人類吧！」知宵說。

「沒錯，尤其是我，完全就是妖怪了。」真真說。

知宵忍不住轉頭看了看真真，她的表情很平靜，這是否意味著她已經完完全全接受自己的新身分，適應新生活了呢？

沈碧波向來對植物很感興趣，一直專注的看著身邊的花草樹木。這時，他突然蹲下來，拔起幾棵小草，向茶來請教。

「我不知道，它看起來不好吃，我沒興趣了解。」茶來說，「你問問韋老師吧！這兒是她的家鄉。」

沈碧波點點頭，轉頭瞧了瞧，問道：「韋老師上哪兒去了？」

知宵回頭張望，也找不到韋老師那雪白的身影，大家甚至不知道她何時不見了。一行人再也沒心情去了解花草蟲鳥的知識，開始找尋韋老師。茶來讓知宵、真真和沈碧波留下來，在原地等待。

「我穿了羽衣，可以幫忙在天空中搜尋！」沈碧波說。他身穿一件看起來很普通的夾克，正是羽衣的偽裝。普通人哪裡知道，穿上這件衣服，沈碧波便可以化身成姑獲鳥？

茶來與沈碧波、阿吉離開後，知宵發現不遠處有一截倒下的樹幹，正想去那裡坐著歇歇腳，可是真真自顧自沿著小路前行，他只好跟上去，問道：「你要去哪兒？」

「四處走走。本來我也不想學變身術，只是想來白水鄉玩。」

「你以前來過這兒嗎？」

「沒有，所以更要四處看看。」

「萬一迷路了怎麼辦？」知宵又問。

「放心，我會讓紙蝴蝶幫我找路，不然就坐在一個顯眼的地方，等茶來找到我。」

真真撥開一條橫在眼前的樹枝，繼續前行。知宵有些擔心，又無法說服她留下來，只好跟著一起走。慢慢的，他們頭頂的枝葉變得稀疏，林子裡變得很亮。知宵好像聽到了音樂聲，而且是從很遠、很遠的地方傳來的，他不由得駐足細聽。那縹緲、綿長的曲子令人忍不住想要循著聲音前行，遇山爬山，遇水涉水，只想離得更近一點，聽得更清楚一些。

「李知宵，你愣在那裡做什麼？」真真打斷了知宵的思緒。

知宵小跑步趕上她，問道：「你聽到音樂了嗎？」

「沒有，也沒心情聽。」

「最近你好像做什麼事都沒心情。」

「沒錯。我也不知道是怎麼回事，總覺得很害怕，有好幾次睡到半夜還被嚇醒了。」

「你害怕再次變得透明和消失嗎？」

「不知道。」真真搖搖頭，「所以我才覺得煩惱，因為不清楚自己到底在害怕什麼。」

「原來是這樣啊！」

知宵覺得自己的回答顯得敷衍又糟糕，卻又不知道還能說什麼。真真應該還沒完全從幾個月前的事件中恢復過來吧？

這一切情有可原，她差點消失了。當了十多年的人類女孩，突然變得不是人類而是妖怪，一定很害怕、很不安吧？她需要很長、很長的時間才能習慣全新的自己。

「不管怎樣，對我來說，你都和以前一樣，我們永遠是朋友。」知宵忍不住補充了一句。

真真「噗哧」笑出聲說：「這樣的話你說過好多次了，我記住啦！你聞到香氣了嗎？」

知宵使勁吸了吸鼻子，點頭說：「聞到了。」

「我們去看看那裡有什麼花兒吧！」真真伸出手臂指向前方，在原地轉了大半圈，最後手指停在知宵的左前方。「就在那裡，我們走。」

旁邊並沒有林間小路，雜草恣意生長著。兩個孩子穿梭其中，不時會聽到草叢中傳來窸窸窣窣的響聲，不知是什麼小動物或小精靈受到驚嚇，正忙著逃跑。沒走多遠，知宵又聽到了那空靈、悠長的鳥鳴聲。

木客鳥的叫聲就在附近。知宵轉過頭，看見了停在低垂樹枝上的鳥兒，那鳥兒和鴿子差不多大，羽毛是鮮亮的黃色，像一朵長在樹上的花兒。

鳥兒看見了知宵與真真並不害怕，小腦袋動來動去，從不同角度觀察著兩個外來客。真真被小鳥兒迷住了，小心翼翼的靠近樹枝，輕聲說道：「小鳥，小鳥，不要怕，我們交個朋友吧！」

木客鳥怔怔望著真真，似乎沒聽懂她的話。等到真真走近時，木客鳥拍拍翅膀飛走，停在遠一些的樹枝上，依然望著他們。

「跟我來。」木客鳥突然開口說話了，聲音空靈，像一陣拂過耳邊的和煦春風。

「去哪裡？」真真問。

「茶來的祕密基地。」

「好啊！」真真爽快的說。

知宵一把抓住真真的手臂，說道：「你忘了剛剛茶來講過的話嗎？我感覺木客鳥不會這麼好心！」

「那又有什麼關係？她能帶我去茶來的祕密基地最好，就算不能，我也不吃虧呀！我本來就沒有什麼特別想去的地方。你放心，白虎神大人一定不會讓我們受傷的。」

知宵不得不承認真真的話有些道理，於是也決定一起去。可是木客鳥不高興的說：「你不相信我，我不想帶你去。」接著，她輕輕揮了揮翅膀，知宵立刻騰空而起，被一股神祕的力量拽著往後退。身邊的景物一閃而過，很快的，他就看不見真真的身影了。

知宵幾乎是貼地飛行，雙腳不時的會碰到青草。他曾遇到過好多次更加激烈、可怕的情況，此刻心裡並是特別害怕，可是他不知道該怎麼停下來，只好任由自己繼續飛行。

不久，力量消失，知宵輕輕落進了草叢裡，沾了一身露水。他從地上爬起來，打量著身邊的陌生景物，根本不知道自己來自哪個方向。

「真真，柳真真，你在哪兒——」知宵拖長了聲音叫喊。

他沒有得到回應，不過，那些隱藏在樹林裡的霧氣倒像是聽到了集合的口令，紛紛湧出來。知宵隨便挑了一個方向往前走，嘴裡依然不停呼喚著真真的名字。霧氣越來越濃，很快便將他團團包圍。白水鄉似乎消失了，一切都消失了，只剩下知宵獨自一人。

繼續往前走也沒了意義，知宵決定留在原地等待。這時，肚子有些餓了，他正要從書包裡拿出點心，離他不遠的地方卻傳來粗重的呼吸聲，彷彿濃霧裡有一隻猛獸，正流著口水盯著他。

「沒事的，白虎神一定不會讓我受傷的！」知宵小聲的安慰自己。

話雖這麼說，他的雙腿卻不受控制的帶領他朝著與呼吸聲相反的方向奔跑。

忽然，他的腳下踩空了，知宵心裡一驚，掉進水裡。

第六章

知宵病倒了

湖水是溫熱的，掉落其中並沒有多麼難受。知宵把腦袋伸出水面，看到了岸邊的青草，便划動四肢想要上岸去。可是那水裡像是有成千上萬隻手，抓住他的四肢和衣服，將他往下拽。他不得不與這一大群看不見的敵人搏鬥，不過，沒多久便精疲力竭，只好向敵人屈服。

池塘好像深不見底，知宵想著，自己不停下沉，直到沉進深深的湖底，就算茶來他們搜遍整個白水鄉，可能再也找不到他。房客們會為他大哭一場，然後互相安慰著：「我們不是沒找到他嗎？那麼，他就有可能還活著。不要擔心，總有一天他會回來的。」

不過，幾秒後知宵又被那些無形的手托舉到水面上。他像是一個塑膠小人，在水面飄啊飄。

「越是掙扎越無法脫困，不動了反而浮上來？」知宵心想，「我知道該怎麼做了！」

他決定什麼也不做，沒過多久，水下的無形大手便將他推到岸邊，知宵看準形勢，一躍而起，像兔子般敏捷的跳進草叢裡。

終於得救了！知宵仰臥在地上休息，濃霧已經消失，他能透過樹葉的縫隙看到天空，那是溫暖的橘紅色。

「一定是木客鳥故意捉弄我。真是的，第一次見面我會懷疑她不是很正常嗎？明明長得那麼好看，卻那麼小心眼！」知宵忍不住想，「真真會不會已經到了茶來的祕密基地？」

這時候，知宵聽到了真真的笑聲。他從地上跳起來，奔向笑聲傳來的方向，他的鞋子裡灌滿了水，發出擾人的響聲，濕漉漉的衣服、褲子也異常沉重。不久，知宵走出了重重疊疊的樹林，來到山崖邊。那裡有一塊光禿禿的大石頭。

站在大石頭上，眼前的景致豁然開朗。山巒沉澱在低處，五彩的雲朵浮在上方，似乎有一個看不見的巨人正以天空為畫布，描畫著斑斕、絢麗的圖像。知宵看得出了神，忘了不可見的巨獸，忘了他來白水鄉的目的，看著，看著，他覺得自己彷彿也成了眼前風景的一部分。

「知宵。」茶來的聲音突然響起。

知宵轉過頭，茶來已經來到大石頭旁邊，問道：「你渾身都濕透了，掉進水裡了？怎麼會在這裡？」

知宵簡略講了剛才的經歷，茶來笑得在地上不停打滾。知宵有些氣惱，說道：「不要拿別人的倒楣事當笑話！」

「你說得對，失禮了。」茶來瞬間恢復了嚴肅的表情，不過還有一絲笑容掛在嘴角，來不及藏好，「這也不能怪你笨拙。木客鳥是個性惡劣的林間小妖精，最喜歡惡作劇。你放心，她根本不知道我的祕密基地在哪兒，真真應該也被捉弄了，而且可能比你還慘。你們呀，經歷的事情也不算少，怎麼會輕易上當呢？快走吧！對了，離開前，你得先給大石頭道個歉。」

「為什麼？」知宵問道。

「因為他曾經是鼎鼎有名的大妖怪呀！你先道歉，我一邊走一邊把故事講給你聽。」

知宵點點頭，三步併作兩步的來到石頭旁邊，深深鞠躬並大聲說道：「不小心踩在您的身上，非常抱歉！」

大石頭當然沒回應他。這時候茶來已經跑遠了，知宵快步跟上他，又忍不住回頭瞧了瞧，發現山崖對面也有一塊同樣大的石頭。

「這一塊和山對面的那塊石頭，傳說是兩位很擅長變身的大妖怪。」茶來說，「他們一直互相變身鬥氣、互相捉弄，誰都不肯認輸，最後不知怎麼都變成了石頭，還比賽誰能維持更長的時間。這是好幾百年前的事情了，或許上千年了吧？他們將自己偽裝得太好，現在許多妖怪都認為，那只是兩塊普通的石頭。還有一種說法，他們遲遲沒有變回來，不是因為要贏過對方，而是石頭當太久了，他們也忘了自己是誰。」

「我不太明白他們的想法。」知宵說。

「我倒是很理解他們，能夠找到自己執著的事物是非常幸運的。我啊，花了很長時間才明白自己想要什麼。」

「你想要什麼？沒完沒了的睡覺嗎？」

「我怎麼可能輕易告訴你？」

「說得也是。」知宵「噗哧」笑了起來，「你一定會把它存在某一個祕密基地吧？對了，你找到韋老師了嗎？」

「沒有。這裡畢竟是她的老家。」茶來的聲音聽起來有些沮喪，「這些天就算身心疲憊，我還是能夠忍受，因為我是弟子，在老師遇到困難時理應幫忙。可是老師不願接受，我又能怎麼辦？我已經盡心盡力，算了，她要歸隱就歸隱吧！」

「等一等，茶來！」知宵說，「韋老師可能是突然有事才會離開，你不要放棄！」

茶來轉過身來望著知宵，說道：「你怎麼這麼積極？你和老師很熟嗎？這麼關心她。」

「不是，我以前只見過韋老師幾次。不過每次見面，韋老師都會變來變去，我每次都看得很高興。希望韋老師恢復變身能力，我想要再次看到她快樂的變身。」

「原來是這樣。你放心，我只是隨口說說。我與老師約定以一年為期，我絕不食言。」茶來轉過身去，繼續在草叢裡蹦蹦跳跳，「實不相瞞，我每年都會在白水鄉泡好多次溫泉，哪一個池子裡沒留下過我的毛？要躲過我可沒那麼容易！我先把你送到我們剛剛分手的地方，再去把真真找回來，接著就去尋找老師。這次你們別再到處亂跑了。」

他們很快回到原處，茶來扭動圓滾滾的身體鑽進樹叢，繼續搜尋。知宵坐在倒下的樹幹上，感覺寧靜像光滑、細膩的絲綢一樣將他包圍。偶而有鳥兒的叫聲傳來，它就像點綴在綢子上的暗紋，不會破壞這片寧靜，反倒是將它襯托得更加動人。

「仙境是非常可怕的地方，人類如果不小心闖進仙境裡，千萬不要坐下來。

你知道為什麼嗎？」爸爸的聲音突然迴盪在知宵的腦子裡，他彷彿看到了爸爸故作正經的樣子。

「為什麼呢？」年幼的知宵問道。那時候的他從未去過仙境。

「因為那裡太美好，一旦坐下來，就再也不想站起來了，你只想一直坐著，變成一棵紮根的樹，永遠待在仙境裡。」

回憶到此，知宵忍不住笑出聲來，他不得不站起來，因為他感覺屁股涼涼的。知宵這才想起自己渾身濕透，便從書包裡拿出換洗衣物穿好，又吃了幾塊餅乾。然後，他開始閱讀故事書打發時間。書頁裡的文字吸收了白水鄉的清新、自然之氣，故事似乎也變得更加生動、有趣，他很快就看得入了迷。

不久，真真被茶來領了回來，她的身上布滿紫紅色的汙漬，像是誰往她身上潑了顏料。茶來繼續搜尋韋老師，知宵問起真真遇到的狀況。

「我被那隻小壞鳥兒帶去一個陰森森、濕漉漉還散發出一股大蒜味的山洞，像是跑進了一個大妖怪的嘴裡。那裡怎麼可能是茶來的祕密基地？」真真說，「我發覺自己受騙了，正要出去，卻被一種奇怪的藤蔓抓住了。好不容易擺脫它們、離開山洞，木客鳥早已不知道去了哪裡。你呢？」

知宵講了自己的經歷，又說：「所以你的決定是錯的，下一次我們再也別相信木客鳥了。」

「等著吧！總有一天我也要讓木客鳥吃吃苦頭。」真真說。不知宵完全沒想過要報復木客鳥，可能是他一直被房客捉弄，已經習慣了。不過真真的個性向來如此，他也沒覺得有什麼不好。如果哪天真真整天笑呵呵的，他才要擔心呢！

雖然答應茶來不會再離開，但是真真和知宵也不打算待在原地，他們打算到附近隨便看看。真真很快又找到一個池塘，準備清洗身上的汙漬。池塘旁邊有一棵不知名的大樹，上面掛滿如李子一般大小、紅豔豔的果子。他們倆摘了滿滿一口袋果子，才突然想起並不知道這是什麼果子，是否有毒，當然也就不敢吃掉它們了。

「沈碧波在這裡就好了。」真真忍不住感嘆道。

他們只好看著果子吞口水，繼續在附近探索。知宵找到一種深藍色的草，葉子像水仙，他摘下幾片葉子，準備等一會兒向沈碧波請教。

手錶顯示著已過中午十二點，沈碧波和阿吉帶著茶來的口信回來了。

「韋老師不知道去了哪裡，茶來讓我們先回去，他要繼續尋找。」沈碧波說。

「他還強調，一定不能讓我們幫忙，說什麼這是他和韋老師間的戰鬥。」阿吉補充道，「我覺得韋老師不會再現身了。」

「為什麼？」知宵問。

「韋老師和以前不一樣了，哪怕她還待在城裡，她的心也不在那兒。她本來就只是想回來與我們道別，現在道別結束了。」

到了晚上，知宵打電話到客棧，得知韋老師與茶來都還沒回來，他也覺得阿吉說的話是事實。若是如此，茶來的變身課也會中止吧？白水鄉的假期也將宣告終結，空歡喜一場。

知宵有些沮喪，他感覺好像有許多事才一開始就結束了，而他無能為力。特別是最近這一、兩年，為什麼事情不能按照他的希望發展呢？

第二天早晨醒來，知宵從床上坐起來時，感覺天旋地轉，腦袋異常沉重，只好再度躺下。

知宵生病了，可能因為昨天掉進池塘裡。他沒有發燒，相反的，他的身體變得十分冰涼。他並不覺得冷，但是，如果體溫持續降低，他很擔心自己會變成雪人。以前知宵感冒時的症狀還與普通人一樣，自從去年開始，他那被封印的力量逐漸解開，生病時的症狀也就更像妖怪了。

這種狀況下，當然不能把知宵送去人類的醫院，那會把醫生嚇壞的。知宵的媽媽打電話到妖怪客棧，不一會兒，柯立和白若就來了。

「今年冬天是怎麼了？小老闆好像老是生病。」白若憂心忡忡的說。

「這次好像比往常更嚴重，身上比冰塊還冰，我去找盧浮醫院的醫生來給他瞧瞧。」柯立的聲音聽起來冷靜多了。

知宵迷迷糊糊的睡著後，好像看到過柯立領著醫生進來，不過沒仔細看醫生的樣子，他的眼睛總是睜不開，只記得醫生的聲音很動聽。後來真真和沈碧波出現，詢問他是否感覺好些了。他們倆真的來過嗎？知宵不太確定。他回答了些什麼，還是什麼也沒說，他也不確定。

有一陣子知宵感覺舒服了一些，他睜開雙眼看到了窗外的景象。天空昏沉沉的，不知是快天黑了？快天亮了？還是烏雲湧了上來？他也懶得坐起來看看鐘確定時間，準備繼續睡覺。

知宵跌進了一大堆奇異、斑斕的夢裡，他認識的、不認識的人與妖怪紛紛登場，說了些奇奇怪怪的話，做了些奇奇怪怪的事。有時候知宵很高興，比如與沈碧波、真真一起去白水鄉探險；有時候他很難過，因為他看到了生龍活虎的父親，卻又明白自己早已失去他。

清越、悠遠的音樂聲在空中迴盪，知宵穿行在一個又一個夢的片段裡，彷彿活了一百萬歲，度過了無數種人生。等到他終於走出夢境，回到現實世界，那些夢境的碎片已被掃進記憶的角落。知宵一邊穿衣服一邊把自己想起來，越來越清醒。

這時候是上午十一點十七分，新的一天開始了。

第七章

韋老師來訪

知宵的體溫升高許多，他感覺清爽多了。因為在床上躺了太久，有一個瞬間他的心底湧起一種恐懼，彷彿自己成了床的一部分。他嚇得跳下床，還好，還好，他很正常。

他的四肢依然綿軟無力，脖子也抬不起來。剛剛動作太激烈，腦子又暈乎乎的，整個房間似乎正圍繞他打轉。知宵趕緊撲進被窩，過了好長時間才緩過來。

知宵想到昨晚做過的夢，夢裡有喜、有憂，沒有恐懼與不安。他想不起來夢的實際內容，不禁有些難過。黑夜那麼長，散布其中的夢，也是生命裡很重要的東西，不該輕易遺忘。

「剛醒過來的時候，好像還記得一些，我應該把它們記在筆記本上。」知宵自言自語。

這時候房門輕輕打開，知宵的母親走進來，笑著說：「你醒了呀！感覺好些了嗎？要不要吃點東西？」

「要吃很多東西，我的肚子都餓扁了。」

媽媽摸摸知宵的額頭，這才放心一些，又說：「你等一等，我馬上準備。你的朋友來看你了，我叫他們進來。」

媽媽退出房間沒多久，真真和沈碧波笑著走進來，韋老師就跟在他們身後。意外的訪客上門，知宵不禁挺直了背脊。他看看媽媽，發現她的表情很平靜。她一直不太喜歡與妖怪接觸，很少去客棧，也不喜歡妖怪們來家裡。看她現在的樣子，對韋老師似乎並不反感。

等到媽媽關上房門離開，知宵小聲問道：「韋老師，您剛進門的時候，我媽媽見到您是什麼反應？」

「有一些驚訝，有一些害怕。很正常，她從來沒見過我本來的模樣。」韋老師說，「不過我們算是老朋友了，她沒理由不讓我進門。我也知道，她對我們有一些誤解，要讓普通人類親近我們確實不容易。你感覺好些了嗎？」

「好多了，明天就能恢復正常！」知宵說著，忍不住咧嘴笑了起來。

「每次見面你好像都在笑，天真、快樂的小朋友真讓人羨慕。」韋老師又說，「第一次見到你時，你還是個嬰兒。那天也不知因為什麼事情，你哇哇大哭，怎麼也不肯停下來。我有事要找你爸爸，發現你的嗓子都快哭啞了，著實可憐，就使出變身術逗你玩。結果你立刻不哭了，還瞪著圓圓的眼睛看著我，我一改變外形，你便咯咯笑個不停。」

「謝謝您，韋老師。」知宵說。

「該說謝謝的是我，不僅要對你說，還要對所有喜歡我的朋友說，謝謝大家的喜歡與關心。這個世界上喜歡我的妖怪與人類太多了，被喜歡的感覺當然很好，但是時間長了我也有些麻木，以為一切理所當然。丟了尾巴之後，再次看到大家，我才發現自己已經不配得到如此多的喜歡。」

韋老師嘆了一口氣，將腦袋放在爪子上，又一次陷入了頹喪之中。知宵、真真和沈碧波互相看了看，正考慮著應該說點什麼安慰韋老師時，韋老師猛地抬起腦袋，對知宵說：「你知道我為什麼會回城裡來嗎？也是多虧了你。」

「我嗎？」知宵望著天花板，想了想，「我什麼也沒做呀！」

「我大概是在去年夏天丟了尾巴，之後就一直到處遊蕩，恍恍惚惚的，彷彿在夢遊。不久前我才清醒一些，於是回到白水鄉的老家。我看到了你寫給我的信，上面的落款時間已經是三年多前了。」

「三年多前？我八歲時寫的信嗎？我還記得！那是過年的時候，不知道為什麼，我突然迷上了寫信，不停翻著字典，一口氣寫了好幾封。當時您好像已經出門旅遊，誰也不知道您在哪裡，爸爸說，他會想辦法把信交給您。」

知宵突然有些不好意思，他不記得當年的自己寫過些什麼，不過一定都是很幼稚的句子，說不定還有錯別字。

「我收到了，雖然遲了很久。信上你說——」

「等一下！」知宵忍不住打斷了韋老師的話，「您不用告訴我信上寫了什麼，怪不好意思的。」

「那你摀住耳朵不聽就好了，韋老師，告訴我們吧！」真真說。

「沒錯，沒錯，知宵的作文一向寫得很好，我想聽一聽，學習一下。」沈碧波說。

知宵狠狠瞪了他的朋友們兩眼，他們便朝他扮鬼臉。

「我明白知宵的感受，也尊重你的心願。信裡你問我什麼時候回來，說很想再見我。那是一封非常可愛的信，字跡可愛、語氣可愛，誰讀了那封信都會喜歡你。但是回信太遲了，我又不知道該寫些什麼，思來想去，我決定回城裡一趟。」

「真的嗎？謝謝您，韋老師！」知宵感覺自己的心怦怦跳個不停，彷彿隨時會跳出來，「您覺得回來比較好呢，還是不回來比較好？」

「我不太清楚。丟了尾巴之後，很多以前看來確定無疑的事情，都讓我疑惑不安。」韋老師又看看知宵，「聽說，你最近老是生病，房客都擔心你身體太過虛弱，我的感覺倒不是這樣，這只是一種正常的變化。」

「什麼變化？」真真搶著提問。

「雪妖的力量正在慢慢的甦醒，知宵的身體還不習慣，不知道該怎樣應付這種變化，只好生病了。」

知宵的心不禁揪緊了，他想起去年嘲風說過的話，太奶奶遺傳給他的力量已一步步甦醒，他會變得越來越強大？越來越厲害？還是越來越接近崩潰？

「這是好事還是壞事呢？」知宵問道。

「變化時時刻刻都在發生，可能帶來好的結果，也可能帶來壞的結果。人類的孩子不是也要經歷青春期，才能長大成人嗎？變化帶來成長的可能性，別害怕，一步步往前走就好。不過，」韋老師又嘆了一口氣，「現在的我沒資格對你說這樣的漂亮話。」

知宵愣了愣，看看真真和沈碧波，他目光回到韋老師身上，鼓起勇氣問道：「韋老師，您也感覺很害怕嗎？」

「一開始很害怕，現在好多了，更多是感覺到不安，就好像獨自待在沙漠裡，大風刮個不停，眼前飛舞起滾滾塵沙，看不清楚自己身邊有什麼，不知道該朝哪個方向前行。」韋老師說。

「那天您為什麼突然不見了呢？您去哪兒了呀？茶來找了您好久。」沈碧波問道。

「我並不是一直很清醒，偶而便會恍恍惚惚。很多奇怪的情緒湧上心頭，令我不安。那天正好遇到這樣的情況，我突然覺得你們說話的聲音很吵鬧，只想獨自待著，於是就逃跑了。我離開白水鄉後便回到城裡，這兩天一直待在阿觀家。以前我不太喜歡阿觀的家，那兒雖然漂亮、精緻，但是地底陰森森的壓迫著我。真奇怪，現在我卻喜歡上了那兒，待在阿觀家，心裡總算沒那麼慌張了。這一點變化我倒是不討厭。過去我不喜歡阿觀的家，讓他很難過。今天我感覺好多了，想到沒和你們打招呼便跑開，給你們添了麻煩，就從阿觀家出來了。」

「那您還要跟隨茶來修行嗎？」知宵說。

「你覺得呢？」韋老師反問道。

「當然是修行比較好。」知宵不假思索的說，「我想再看您不斷變模樣。」

「你還會像小時候那樣笑個不停吧？」韋老師的尾巴輕輕晃動，「我正準備去呢！畢竟我和茶來約好了。」

「我們過一會兒就要和茶來一起出發。」真真對知宵說，「茶來的意思是，等你覺得身體好些了再過來找我們，他會把地址留給你。」

「這樣嗎？」知宵有些失落，感覺自己被拋下了。「茶來真絕情，也不晚個幾天，等我好起來。」

「他恨不得我們都不要去旁聽，好不容易才逮住了這個機會。」沈碧波說，「不過，我和真真準備等你身體好了，再和你一起過去。」

「是的。」真真補充道，「以前我一直想學習新的法術，可是你好像沒有多大的興趣。現在好不容易遇到你感興趣的法術，我們都會陪著你的。」

知宵滿心歡喜，忍不住又笑了起來。韋老師卻有些不高興，說道：「你們都不去了嗎？茶來好像根本不把小兔子放在眼裡，沒有你們分散他的注意力，他一定會肆無忌憚的批評我，想想便覺得煩躁。」

「您才是老師呀！好好教訓他不就行了？」真真說。

「以前茶來還在我身邊學習時，我也不喜歡拿老師的架子壓他，更別提現在了。況且，這些年我們雖然沒怎麼來往，但他幫過我好多忙，我哪能責備他？其實，這次受傷無意中幫了我一把，我和茶來終於變得親近一些了。」

「你們以前真的關係不太好嗎？是不是因為阿觀？」知宵無法抵制自己的好奇心，小心翼翼的問道。

「沒錯。當時阿觀與茶來不合，我居中調停，茶來覺得我偏袒了阿觀，一直耿耿於懷。不過，我認為我們並不是關係不好。」韋老師說，「雖然是師徒，想法也不可能永遠一致，那只是一次分歧。我覺得那是好事，如果茶來事事聽從我的吩咐，把我說的話當成不可違背的律令，我才會感到困擾。」

「茶來和阿觀之間到底發生過什麼？」真真問道。

韋老師為難的說：「這是茶來的事，如果我告訴你們，茶來可能會生氣。」

「我們仲介公司經常充當和事佬，現在也該輪到我們想辦法讓茶來與阿觀和好了。」真真又說。

「螭吻把仲介公司搬到城裡來，說不定也是想讓茶來與阿觀重歸於好。」知宵說。

韋老師想了想，說：「你們的話都有道理，那我就把過去的事情告訴你們吧。三百多年前，我還沒搬來城裡居住，茶來也還在我身邊學習。他年輕氣盛，好奇心強烈，喜歡到處探險，不像現在這樣懶散。某天，他偶然來到城裡，不知聽到誰說起神祕的阿觀，便想去阿觀家裡看看。那時候，阿觀熱中收集餐具，會偷偷從人類的家裡拿走中意的餐具。於是茶來變成一個盤子，還被阿觀相中帶回家。當時茶來的變身術已經爐火純青，雖然最初順利騙過阿觀，很快便被識破了。因為法力還不夠深厚，而且又在阿觀的地盤，所以受了重傷，吃了不少苦頭。」

「真過分，只要把茶來趕出去不就好了？」知宵說。

「阿觀確實做得很過分，但是，茶來在地底大鬧一場，造成很大的破壞，也有不對的地方。」韋老師繼續說，「我得到消息後趕來，想要說服阿觀釋放茶來。老實講，第一眼見到阿觀時，我也有些害怕。我最討厭動粗，所以盡量耐心的跟阿觀講道理，他也冷靜的回答，我這才慢慢放心。最終我答應阿觀幫忙維修他的家，並且讓茶來主動跟他道歉，他才決定放了茶來。幫忙修復阿觀的家時，我看到了數不清的鳥兒與天空的繪畫。那裡還有一扇窗戶，透過它可以看到地面的景象。那時候我明白，阿觀雖然一直隱居地底，他對地面世界卻充滿嚮往。不過，可能因為他是從古井裡誕生的精靈，天性喜歡黑暗、濕冷的環境，無法適應地面生活。我不由得對他心生同情，想和他成為朋友。」

韋老師停了一下，又說：「這座城市向來是靈氣匯聚之地，我還挺喜歡它的，所以便決定在這裡定居。茶來還在生阿觀的氣，埋怨我為什麼對他那樣和善，更加不想搬來城裡居住。我試圖說服他，講著，講著就吵了起來。師徒幾十年，朝夕相處，不知不覺間累積的許多矛盾突然一齊爆發。我們倆越來越激動，因為吵得太厲害，甚至大打出手。我比茶來多活幾百年，他當然打不過我。他一氣之下出走，我再次得到他的消息是在幾年後，他跑到龍宮幫螭吻工作。那時候我便明白，我們的師徒關係結束了，茶來不再需要跟在我身後，可以獨自前行。後來我主動找到茶來，與他和解，不過，我們的關係到底是疏遠了。事情便是這樣。」

「茶來和阿觀好像也沒什麼深仇大恨呀！」知宵說。

「沒錯。雖然他們互相不喜歡，雖然茶來以前一直不肯來城裡玩，我也覺得沒必要干涉。」韋老師說。

「但是現在他們住在同一個城市，最好能夠解開心結，和睦相處。」沈碧波說，「不然，阿觀想到茶來住在附近會不高興，茶來想到阿觀住在附近也會不高興。」

「有道理，」韋老師說，「那你們打算怎麼辦？」

知宵和沈碧波、真真互相看了看，最後，真真信心滿滿的說：「我們現在還沒有什麼好辦法，不過，這件事情很簡單，韋老師，您就放心的交給我們吧！」

「好的，你們慢慢來。我現在得硬著頭皮去應付茶來啦！」

說完，韋老師離開了知宵家。真真和沈碧波也不想打擾知宵休息，不一會兒也告辭離去。媽媽送來午餐，不過，知宵肚中饑餓卻沒胃口，只吃了幾口便放下筷子，再度躺了下來。

窗簾遮得很密，房間裡被黑暗占據。知宵渾身無力，無法做任何事，但是他沒有睡意，只能怔怔望著天花板，這時，一些破碎的畫面突然浮現在他的腦海。

他終於回想起昨晚夢境的片段——他好像坐在通往地底的電梯裡，等到電梯停下來，自動門打開，眼前是陽光明媚的花園。花兒競相撐開花瓣，從花蕊裡飄出許多黑色的音符。夢裡的知宵很清楚，那是阿觀家的花園。

「我也和茶來一樣，好想去阿觀家看一看。」知宵自言自語著。

第八章

丹丘

靜養三天後，知宵終於完全恢復健康。他覺得神清氣爽，似乎比生病前更強壯、更敏捷，而且相信自己的身體正慢慢習慣雪妖的力量，也沒那麼擔心有一天會崩潰了。

韋老師、茶來與阿吉在白水鄉一個名叫「丹丘」的地方，知宵、真真和沈碧波決定去那裡與他們會合。

「我常常去白水鄉找新鮮果子吃，哪怕閉著眼睛也能找到丹丘。我帶你們去。」白若主動提議。

像往常一樣，白若懶得自己走路，於是化成小麻雀的模樣，停落在知宵的肩膀。每到一個岔路口，他都會指示知宵做出正確的選擇。有一段時間，白若為了炫耀自己的能力，真的閉上眼睛瞎指路，不管他們三個人如何抗議，他都不肯睜開眼睛，嘴裡還得意的哼著小曲，直到走過了好幾個路口才睜開雙眼。

「為什麼不在仙路裡設置一些路牌呢？可以寫上『到白水鄉請往這邊』，再畫一個箭頭，這麼一來，哪還用擔心迷路？」知宵說。

「我們哪天就來做幾個指路箭頭吧！」真真說。

「你們儘管試試看，不到一個鐘頭，路牌就會不見了。」白若說。

「為什麼？」沈碧波問。

「這仙路裡也有妖怪，他們誕生在這裡、生活在這裡，從來不會離開仙路去別的地方。他們把這裡當成家，光是讓我們走在這裡，已經是最大的慷慨了。你會喜歡別人在你家中亂放東西嗎？」

聽白若這麼說，知宵忍不住扭頭四下張望，並沒發現有任何異常。可是，他感覺有無數眼睛正盯著他，監視著他的一舉一動，不禁心裡發毛。

終於順利走出仙路、來到白水鄉後，異樣感消失了，白水鄉的美景迎面而來，也趕走了大家所有的疲憊、憂傷與煩惱。

白若終於離開知宵的肩膀，決定當一個合格的嚮導。他時而拍著翅膀低空飛行，時而在草叢裡跳躍，時而在樹枝上站著歇腳，時而飛到高空中探路，忙得不亦樂乎。與他相比，知宵、真真和沈碧波就從容、悠閒多了，像在郊遊一樣。他們的背包裡帶了足夠多的零食與點心，餓了便將食物塞進嘴裡。

「這幾天晚上你們聽到什麼聲音了嗎？」沈碧波突然問道。

「什麼聲音？」知宵問道。

「音樂聲嗎？」真真說，「我聽到了，像是有誰在什麼地方吹笛子。我這幾天睡得不太好，每天晚上都能聽到。」

「不是笛子聲，是簫聲。」沈碧波說，「前天晚上我也聽到了。因為覺得好奇，就穿上羽衣飛出去調查，結果看到阿觀在月湖公園裡演奏。他還是和上次一樣將自己藏了起來，我看不清楚他的樣子。我想要靠近一些時，他應該是發現了我，便匆匆忙忙回家去了。」

「我也聽到了。」白若說，「長簫是阿觀的寶貝，以前他偶而會在夜裡來到地面世界演奏曲子。這次很奇怪，他每晚都會出現，還持續演奏好幾個鐘頭。他吹奏的曲子會讓人心情平靜，這對人類尤其有好處，那些最近經常失眠的人，應該都睡得又香又甜吧！阿觀到底是怎麼了？突然開始做好事了嗎？」

知宵完全想不起自己聽到過簫聲，但是這幾天晚上他確實睡得很好，所有的夢都是溫暖、明亮的。雖然阿觀強行買走知宵喜歡的壁畫鳥兒，他一度很生氣，現在事情已經過去好幾天，韋老師又保證阿觀會將鳥兒歸還，憤怒早已消失得無影無蹤。於是知宵問道：「這樣不是挺好嗎？」

「白若的意思是，阿觀的舉止很反常。他會不會是有什麼煩惱？」真真說。

「他吹奏的曲子裡沒有絲毫的悲傷，應該還好吧。」白若說，「哪怕他真的有煩惱，也不需要我們的關心。」

阿觀的話題到此為止，白若繼續向三個人介紹丹丘的情況。那個地方生長著一種會發光的樹，它們散發出來的光芒很柔和，但是足夠照亮黑夜。

丹丘距離白水鄉的出入口並不遠，他們很快便到達了目的地。那兒長滿高大、挺拔的樹，樣子像柳樹，枝葉垂散下來，彷彿披著一頭亂髮，不過葉子全都是紅色的，怪不得要叫「丹丘」。

紅色的大樹覆蓋了鄰近的好幾座山巒，茶來可沒說明他們會在哪兒，知宵一行只好慢慢尋找。

「我和白若可以到天空中尋找。」沈碧波提議。

「我可以讓傀儡紙蝴蝶飛到周圍看一看。」真真說。

「那我呢？」知宵說。

「你就在這兒等我們的消息，或是到處看一看，但是別走太遠。」白若說，「念在你剛剛恢復健康的分上，給你一些特別照顧。」

分工確定後，沈碧波和白若飛走了，留在原地的真真則忙著指揮她的傀儡蝴蝶。知宵決定到附近找一找，輕手輕腳的離開了。

除了紅色大樹，這裡的其他植物與白水鄉的植物沒有多少區別。大樹的影子投射下來，也讓它們染上溫暖的紅色，變得更可愛了。

潺潺流水聲鑽進知宵的耳朵裡，似乎比別處的水聲更加清亮、動聽。循著聲音前行，繞過一堆奇形怪狀的大石頭後，他被眼前的景象驚呆了——那是一個池塘，池水也是紅色的，但是看起來濃郁又黏稠，不像是水，更像是番茄醬。

知宵把手指伸進水裡，摸到的卻是普通的流水，他的手指也沒有染上顏色。池水溫熱，不斷冒出霧氣，這裡應該是溫泉吧？如果仔細尋找，說不定能找到茶來掉落的毛。

知宵繼續前行，很快的，一座小木屋映入眼簾。屋子很舊，灰濛濛的，像正在樹林中安靜沉睡。知宵來到小屋門前，發現門並沒有上鎖。他沒有擅自闖進去，輕輕敲了敲門，問道：「您好。我是李知宵，請問，您認識茶來嗎？」

門裡沒有聲響。知宵又敲了敲門，再次表明來意，依然沒有得到應答。一陣風吹來，小門發出「嘎吱、嘎吱」的響聲，打開一道縫隙。知宵透過縫隙望向屋裡，只見裡面落滿灰塵，不像有妖怪定居的樣子。

知宵離開小屋繼續搜尋。茶來說過，他們會住在山洞裡，這兒會有山洞嗎？

「真安靜，我們一路走來沒有遇見任何妖怪、精靈，甚至沒有看到木客鳥。

白水鄉的妖怪住在什麼地方呢？白虎神會是什麼樣子呢？真想親眼見一見。」知宵忍不住想。

半個小時後，知宵和好朋友再度聚在一起，誰也沒有找到茶來一行人。看來，要麼是茶來使了障眼法不想被發現，要麼他們根本不在這兒。

「第二種情況的可能性更高，」真真說，「茶來早就想甩掉我們，所以故意隨便編了個地點來耍我們。」

「這確實是茶來的風格。我們回去吧！」白若說。

「慢著！」知宵說道，「我們等到天黑再走，好嗎？我想看看這些樹在晚上會發出怎樣的光芒。對了，我剛剛還找到了紅色的溫泉。」

「那我們泡溫泉去吧！我帶了泳衣，你們呢？」真真興沖沖的提議。

「好主意！我還帶了酒，泡得舒服時喝上一口，多麼美妙！走！我們先放下所有的煩惱與疲憊，好好享受吧！」

沈碧波一動也不動，有些不高興的說：「我們被茶來捉弄了，你們還要當作什麼事也沒發生，快快樂樂的度假嗎？」

「不然呢？」知宵反問道，「你不像我和真真，一直在仲介公司裡幹活兒，總是忍受茶來的怪脾氣。我勸你不要和茶來斤斤計較，那只會讓自己不高興。」

「是嗎？幾天前，你興沖沖的要學習變身術，我和真真才會陪著你，現在你好像完全不在乎了。你根本就不是真的想學習變身術吧？只是圖個好玩嗎？」

知宵啞口無言，不禁紅了臉，還好四周一切都是紅的，誰也沒注意到。

「圖個好玩也是很有意義的。」白若理直氣壯的說，「沈少爺，你緊張過頭了。我們金月樓的宗旨是什麼？好玩！有趣！知宵深得精髓。螭吻大人一定也認同我們！」

「沒錯！」知宵說。

「我可不想認輸，哪怕是飛遍整個白水鄉，我也要把茶來找出來！」說罷，沈碧波變成姑獲鳥飛走，掀起許多落葉在空中飛舞。

「讓他去找吧！不然他心裡不舒服。」白若說。

知宵點點頭，和真真、白若來到溫泉池邊，他決定暫時拋開一切，好好享受。很快的，知宵感覺快要融化了，他心裡的一切、眼前的一切，都變得暖洋洋的。

「就這樣什麼也不想，泡到世界末日也沒問題呀！」白若的聲音和往常有些不同，彷彿被溫泉泡軟了。

「沒錯。」知宵小聲附和著。

突然間，知宵想起剛剛沈碧波說過的話。從小到大，他總是習慣別人在他身後推他一把，催促他行動，好像很少主動去做什麼事。當然，他偶而也會發現一些感興趣的事，但是永遠只有三分鐘熱度。

這次也一樣。捫心自問，自己真的迫切想要學會變身術嗎？為什麼自己不像沈碧波一樣生氣呢？知宵憂心忡忡的想：他好像還沒遇到過特別感興趣，或是無論付出再多心血也一定要去完成的事情。他不禁想到了那兩塊賭氣的石頭，突然有些理解他們的想法了。

「能夠堅持那麼久，真厲害。」知宵想，「什麼時候我才能找到願意付出那麼多時間與精力去堅持、維護的東西呢？萬一永遠找不到呢？難道要像白若一樣整天吃喝玩樂嗎？」

這樣的生活未必不好，知宵也總盼望著長達半年的假期、新玩具和美味的食物，但是他相信生命中應該還要有更重要的事必須去做。那會是什麼呢？知宵越想越覺得不安，便從溫泉裡爬出來，擦乾淨身體，換好衣服。

「你要去哪兒？」真真問。

「去找找茶來和韋老師。」

「去吧！這附近很安全，你只要別再碰到木客鳥又被捉弄就行了。」白若的語氣變得嚴肅，「我早知道你不可能安安心心泡溫泉的，年紀這麼小，卻總是想太多。不過這也是你的性格，就按照你樂意的方式行動吧！」

知宵點點頭，沿著小路離開丹丘。他不會飛，無法在高處查看，他的嗅覺也不夠敏銳，聞不出茶來的氣味。幸好他的耳朵很靈敏，可以細心捕捉飄散在空氣中的聲響。

不知不覺間，知宵來到一座小山的峰頂。這裡視野開闊，他一眼便望見了不遠處的丹丘。綠色的大樹從四面包圍著丹丘，氣勢洶洶，彷彿要糾正那片特立獨行的樹林，讓它恢復正常的顏色。三、兩隻白色的鳥兒從綠色海洋中浮起來，像幾朵飛起來的浪花，然後，很快又重新融入樹林裡。

「啊，要是能夠長住在這裡就好了。」知宵忍不住想。

一個多小時過去了，知宵一無所獲。他不敢走得太遠，擔心自己迷路，或是又被木客鳥誆騙，最後還得讓白若他們到處找他，給朋友添麻煩。

回到丹丘時，知宵看到真真蹲在溫泉旁的樹下，腦袋埋進了膝蓋裡。白若停在真真面前，不知正嘰嘰喳喳說著什麼。看到知宵，他拍著翅膀飛過來，小聲說：「你終於回來了，不然我真不知道該怎麼辦才好。你快問問真真。」

「發生了什麼事？」

「我也想知道。她突然哇哇大叫，我嚇了一跳，還以為水裡藏著什麼妖怪攻擊了她。接著她就從池子裡跳出來，一直蹲在樹下，不管我對她說什麼，她都不回答。」

知宵點點頭，來到真真面前，說道：「你還好嗎？如果不舒服，我們就回去吧！」

「如果沒力氣走路，我可以變成馬兒馱著你。」白若說。

真真終於抬起頭來。她的臉色蒼白，眼神充滿驚恐，說道：「泡溫泉的時候，我突然感覺自己正在融化，好像要變成其他的形狀。然後，有個聲音一直在我的腦子裡說，既然我不是柳真真，就不該繼續用她的樣子生活。」

「你別聽那個聲音亂講！」知宵說，「我的腦子裡也常常有很多奇怪的聲音，這很正常。如果要按照每一個念頭行動，我們一步也無法前行！」

「沒錯！」白若附和著。

真真看著知宵，似乎並沒有從他的話裡得到多少安慰。知宵有些著急，抓住真真的手，說道：「我們回去吧！把剛才的情況告訴你的爸爸、媽媽，告訴螭吻！」

真真點點頭，從樹下站起來。短暫的商量後，他們決定由白若陪同真真回家，知宵留在丹丘等沈碧波回來。白若堅持要變成肌肉發達的高個子男性，認為這樣會讓人比較有安全感，可惜他的變身術不太高明，變出的樣子就像是泥巴捏出來的假人。

出發前，白若叮囑知宵：「我很快就會再過來接你和沈少爺回去。你們別自作主張在仙路裡亂跑，當心迷路。」

目送白若和真真離去後，知宵獨自在丹丘遛達，想要藉著看風景來消除剛剛從心底湧現的不安。

他不僅擔心真真，還有許多其他的煩惱趁機從各個角落冒出來湊熱鬧。那些煩惱到底是什麼呢？知宵也說不太清楚，總之，整個世界都令他憂心忡忡。

不久，白若回來了，真真也順利回到家。沒等多久，沈碧波就現身了，因為沒有找到茶來一行人，他有些不高興。知宵講起真真的事，沈碧波聽了也感到憂心忡忡。

「快要天黑了，你們想看完夜景再回去嗎？」白若問。

知宵搖搖頭，說：「不了。丹丘的夜景總有一天能夠欣賞到，我們要和真真一起看才高興。」

「沒錯。」沈碧波說。

第九章

金月樓的客人

回到客棧後，知宵立刻打電話到真真家，想知道她的情況。接電話的人是真真的母親周青，她說，真真感覺好多了。

「她已經睡著了，你們明天再來看她吧。別擔心。」周青說。

「阿姨，她會沒事吧？」知宵問道。

「我也不太清楚。她可能需要很長一段時間，才會變得和以前一樣樂觀、開朗。或許她永遠不會再像從前一樣，但是，無論她發生多大的改變，我和真真的父親都會接受她。」

「我們也是！」知宵說。

「這樣就行了，謝謝你們。」

知宵掛掉電話，心裡依然有些不安。他很喜歡以前的真真，無所畏懼，橫衝直撞，沒有事情能夠難倒她。如果她真的無法再像原來那樣，該怎麼辦呢？

知宵多多少少會感到有些遺憾。思來想去，他又打電話給遠在龍宮的螭吻。螭吻的三姊嘲風是龍宮的管理者，但是她一直在休假，不知道何時才會回去，所以螭吻被困在龍宮，暫代嘲風管理各項事務。他好像慢慢習慣了龍宮的生活，不像以前那樣不情不願、常常抱怨。

螭吻是知宵和真真的師父，他不拘小節，吊兒郎當，沒有教給知宵什麼了不得的法術，但一直給知宵一種值得依靠的感覺。因此，每當困惑之時，知宵總是第一個想到向螭吻請教。

聽了真真的事，螭吻說：「她不是早就接受自己變成妖怪的事了嗎？身分改變，身體想要改變，這很正常，她也應該坦然接受。你告訴真真，如果她心裡的聲音想讓她變成其他模樣，就順其自然改變，我一定能夠認得她。算了，我還是親自打電話告訴她吧。」

結束通話後，知宵終於釋懷了。沒有什麼人、沒有什麼妖怪、沒有任何東西，可以永恆不變。他又想到韋老師說過的話——變化帶來成長的可能性。

「真真已經是妖怪，沒必要再被人類的外形束縛，說不定她能成為韋老師那樣的變身術大師。」這樣想著，知宵邁著輕快的步伐離開辦公室，走向樓梯間。天已經黑了，他準備搭乘公車回家。

這時候白若飛過來，小聲在知宵耳邊說：「小老闆，阿觀又來了。」

「他來幹什麼？」知宵也不禁壓低了聲音。

「不知道。」

知宵突然想到了什麼，說道：「對了，他一定是來歸還壁畫鳥兒。」

「他真的會主動放棄自己喜歡的東西嗎？況且還不到一個星期呢！」白若半信半疑，「阿觀最近越來越不正常了。」

「我覺得挺好的。」

「長年以自己的孤僻為榮的妖怪，突然開始改變，我只覺得非常不安。」

知宵絲毫沒有這樣的感受，歡歡喜喜的來到樓下。他和白若花了不少工夫，才在大廳的角落找到阿觀的身影。他依然用法術遮擋自己的身體，幾乎和牆壁融為一體了。不過，他沒有把影子藏起來，可能是忘了，也可能是不介意。知宵試著根據影子的輪廓想像阿觀的身姿，可是影子被燈光拉得很長，這對知宵來說實在是一件難事。

「我按照約定來歸還鳥兒。」阿觀說。

知宵抬起頭來，大吃一驚，因為阿觀突然除去了偽裝，變得清晰可見。他穿著古怪的黑色長袍，像是僧侶的袈裟；衣服的下襬一直垂到地上，遮住了雙腳。阿觀身材高挑，長長的頭髮紮在腦後，看起來與人類沒有多少差別。可是，他的臉上和脖子上布滿花紋，重重疊疊，彷彿第二重偽裝，因此知宵依然看不清阿觀的長相。

有了花紋的襯托，阿觀的雙眼顯得明亮、清澈，就像是他家所在的月湖，擁有神奇的力量，會吸引人一直張望。

知宵和白若都怔怔望著阿觀，阿觀有些不好意思，目光躲躲閃閃，雙手不自然的握在一起。他的手上同樣布滿花紋。

「清暉說，讓你能夠看清我，會更有誠意。」阿觀說道。

「原來你長得並不難看啊！」白若說，「那為什麼要把自己藏起來？多可惜呀！」

阿觀沒有回答白若，對知宵說：「你看看天花板。」

知宵將目光轉向天花板，又一次見到了他熟悉的鳥兒。像是與親愛的朋友久別重逢，他感覺客棧又變得生機勃勃，便笑著對阿觀說：「謝謝你。」

「這種事情不應該是我們道謝吧？」白若小聲說。

「好像是這樣，但是還有其他值得感謝的事情。阿觀，謝謝你這幾天晚上一直吹奏曲子，我睡得可好了，還做了許多快樂的夢。城裡的其他人和妖怪一定也跟我一樣。」

「我並不是為了讓你們睡好覺才吹奏曲子，我只是想讓清暉高興。她一直希望我多與地面世界接觸。」阿觀的聲音變得溫和了一些，「我不喜歡待在太過開闊的地方，陽光太刺眼也讓我很難受，但是我必須適應地面世界，那麼，當她再遇到危險時，我便能幫上忙。很久以前，我和清暉約好，要一起在陽光下悠閒散步。她一直讓我按照自己的喜好慢慢來，不強迫我，所以我就一直拖著，不願意嘗試。」

「韋老師一定會非常高興。」知宵說。

「希望如此。」阿觀說，「我不像你家客棧裡的那隻花貓，我不會強迫清暉做她不願意做的事。」

「茶來沒有強迫韋老師，是韋老師主動答應茶來的，這是他們的約定。」知宵忍不住替茶來說話，「他是在用他的方式說服韋老師。」

「她只是不得不答應罷了。茶來很清楚，清暉不擅長拒絕她喜歡的妖怪。」

阿觀的聲音再度變得冰冷又遙遠，眼神也顯得冷冰冰。知宵想，阿觀可能生氣了，便不敢繼續說話。看來想要與阿觀愉快相處，就不能在他面前談論韋老師或茶來。知宵決定轉移話題，便說道：「我也很喜歡鳥兒，我們有共同的愛好。」

阿觀沒有回應知宵，而是說道：「那天送來的金子請你留下，算是我的道歉禮物。」

知宵在心裡嘆了一口氣，回答說：「我不想要金子，你能不能給我其他禮物？」

「你想要什麼？」

知宵想到了前幾天做過的夢，鼓起勇氣說道：「我能不能去你家參觀呢？」

「不行。」

阿觀的身影再次變得模糊，道歉結束，他轉身準備離開。知宵見了，大聲說：「如果你願意，隨時可以到金月樓來玩，大家都很歡迎你！」

阿觀沒有回答，很快就走出了客棧。熱情沒有得到回應，知宵有些失落，一屁股坐在沙發上。白若飛到知宵的大腿上，安慰道：「阿觀家好像非常漂亮，不過那只是傳言，說不定他家就只是地底下的一個破山洞，滴滴答答不停的有水流出來。」

「我還是想去看一看，我想更了解我生活了一輩子的地方。」

白若忍不住笑了出來，說：「有好奇心是好事，老實講，我也想去。別擔心，我們也不是毫無機會。阿觀剛才不是說了嗎？為了讓韋老師高興，他正努力適應地面世界，說不定慢慢就會開始與我們來往，哪天還會主動邀請我們上門作客呢！」

「嗯，到時候要讓阿觀和茶來友好相處，也就容易多了。」

知宵心頭的沮喪消散了，「白若，如果阿觀再來客棧，大家都要熱情招待他，讓他感受到我們的誠意。」

「沒問題。」白若又說，「孤僻、執拗的阿觀，為了韋老師竟然也願意改變，這讓我有些感動。最近城裡的朋友都憂心忡忡，大家好像都認為自己該為韋老師做點什麼。對了，知宵，你知道八千萬和你的兩個手下去哪兒了嗎？」

「去哪兒了？」知宵坐直身體問道。

「他們從韋老師那兒打聽到她受傷的大概地點，正以那裡為中心在全力搜尋，要找回韋老師的背包。八千萬最擅長搜尋，希望他們成功，讓韋老師高興一些。後援會其他成員則忙著尋找截斷韋老師尾巴的罪魁禍首，暫時也還沒有消息。真是的，韋老師為什麼不肯把那個壞蛋的身分告訴我們？難道是想包庇那個傢伙？知宵，你認為呢？」

「這個……」知宵摸著下巴想了想，「那個壞蛋可能很厲害，韋老師擔心大家會受傷。對了，或許這裡有一個大陰謀，韋老師不想要我們被牽連！」

「有道理，危險，危險。」白若一本正經的說，「那這件事我就不插手了，不過我還是想要幫忙做點什麼。話說，韋老師有什麼興趣和愛好？我還是先吃點東西補充體力，再來好好思考。」

白若拍拍翅膀飛向廚房，留下知宵獨自思考著白若剛剛說過的話。

最初得知韋老師丟了一條尾巴時，知宵並不是特別震驚與難過。他雖然認識韋老師卻很少往來，況且好久沒見面。後來韋老師說，她會選擇回到城裡是因為看到知宵寫給她的信，那封信或許語句不通順，但韋老師並沒有敷衍他，沒有將那封信當成小朋友的遊戲。知宵感受到了韋老師的真誠與尊重，不禁認為幫助韋老師振作起來是他的責任。

他能做些什麼呢？知宵一邊思索著一邊走出客棧前往公車站，很快他又回到客棧，一口氣跑到仲介公司的辦公室，再次撥通龍宮的電話。螭吻那軟綿綿的聲音又一次出現，知宵認真的向師父請教。

「真抱歉，知宵，你可能幫不了韋老師。」螭吻說。

「真的嗎？」知宵很沮喪，「一點點小忙也不行？」

「別著急，你聽我說完。」螭吻耐心的說，「其實，茶來能否幫上韋老師的忙，我也不敢肯定。丟了一條尾巴後，韋老師應該很迷惘，不知道要怎樣繼續生活。如果她不清楚自己該走向何處，旁觀的我們又怎能替她做出選擇？當然，小小的忙倒是能夠幫得上。我與韋老師來往不多，但是在我的印象裡，她是爽朗又真誠的人，你只要活力滿滿向她說『早安』，她也會很高興，這樣不是幫上忙了嗎？」

「好的，我會這樣做。」知宵說，「還有其他可以幫忙的事情嗎？」

「不如這樣，我幫你聯繫一下嘲風，讓她想想辦法，配製幾粒藥丸。」

嘲風一直熱中研究藥理，知宵曾經吃過她配製的藥丸，感覺像是被捉弄了一番。他忍不住問：「嘲風大人的藥可靠嗎？」

「很多長年生活在仙境的小妖怪根本不會變身，當他們想要到人類世界體驗、遊玩時，就會服用嘲風配製的、可以短期變身的藥丸。她是這方面的專家，你不用擔心。」

「好的。」掛掉電話後，知宵終於能夠一身輕鬆的回家了。

淩晨兩點鐘時，知宵被鬧鐘吵醒。他起身穿上外套，打開窗戶望著外面的風景。城市裡沒有真正的夜晚，濃稠、靜謐的夜晚。那些高高的路燈不知疲倦的散發出光芒，等待著車輛與行人經過。

知宵還不是特別清醒，便閉著眼睛。他聽到了渾厚、悠長的音樂聲，冷冷清清，就像是為早春量身定制的。

「是阿觀在演奏吧？」知宵自言自語。

他趴在窗臺邊聽了一會兒，像是被包裹在柔軟的被子裡，心情平靜，於是很快又有睡意了。知宵關上窗戶回到床上，再次進入夢鄉。

第十章

失而復得之物

在白水鄉待了半個多月後，韋老師、茶來和阿吉突然回到了客棧。新學期已經開始了，白若到學校裡將這一消息告訴知宵、真真和沈碧波。下午放學後，他們三人結伴到金月樓探望久別的朋友。

韋老師不在客棧裡，阿吉告訴他們，她一回城便去了阿觀家。

「你們的修行怎麼樣了？」知宵問道。

「很辛苦，但是我的變身能力大有長進。韋老師好像還沒有任何變化，她一定很累，所以要求回來休息幾天。一開始茶來不同意，說她三天打魚，兩天曬網，到頭來什麼也學不會。師徒倆都有些激動，最後吵了起來，我還以為他們會打起來，你們又不在旁邊，嚇得不知道該怎麼辦。幸好最後什麼也沒發生。對了，小老闆，」阿吉望著知宵，「你們不是也要來白水鄉嗎？為什麼沒有來呢？你又突然不想學變身術了嗎？」

「我們正想找茶來好好談談這件事情。」知宵說。

三個人告別阿吉，來到螭吻仲介公司。像往常一樣，茶來正在呼呼大睡。真真一把將他拎起來，他這才睜開眼，懶洋洋的看看大家，問道：「怎麼了？」

「你們根本就不在丹丘，為什麼要騙我們？你故意想把我們甩了，對不對？」真真說。

「沒錯。」茶來甚至懶得編一個藉口，「我不是幼稚園老師，不負責照顧小朋友，光是一個韋老師已經讓我疲憊不堪，最近都沒能好好睡覺。你們想學習法術，應該去找嘲風和螭吻，讓他們負起當老師的責任，從頭開始教你們。」

「你怎麼能不守信用呢？」知宵說。

「我不是說過了，心情不好時就會趕你們走。況且你們面臨升學階段，一定很忙，應該先專心課業，哪有時間分神學其他東西？」

知宵、真真和沈碧波本來就很生氣，茶來的態度與話語更是火上澆油。他們把茶來揉來揉去，一邊商量著到底該怎麼做才能消消氣。

「先拔掉他的鬍子。」沈碧波提議。

真真和知宵一致贊成，茶來卻像泥鰍一樣掙脫他們的手，一溜煙跑出辦公室，三個人在後面緊追不捨。

金月樓並不是特別大，但是它結構精巧，又有許多法術編織的小陷阱，像迷宮一樣。知宵年紀還小時，有一次和房客們玩捉迷藏，結果誰也沒找到他，連他也不清楚自己到底躲去了哪裡。一年前，仲介公司的辦公室搬到金月樓，之後茶來幾乎一直待在這裡，他應該比知宵更熟悉這裡的一切，要找到他談何容易？

三人一貓在客棧裡跑上跑下，幾乎要把足跡留在每一個角落。知宵、真真和沈碧波累得再也跑不動；茶來是妖怪，哪怕平常疏於鍛鍊，此刻依然精力充沛。最後，他們又回到仲介公司的辦公室。茶來不再逃跑，一動不動的蹲在沙發上。

「認真想一想，確實是我對不起你們，就給你們幾根鬍鬚吧！」茶來說。

三個人一聽，馬上將茶來抓住，毫不留情的拔他的鬍子。茶來喵嗚、喵嗚叫個不停，聲音很誇張，又順勢在地板上打了好幾個滾兒，這才爬起來，甩甩腦袋，問道：「現在你們消氣了嗎？」

「還沒有！」真真說。

「真難伺候，你們全被慣壞了。老實告訴你們，修行很辛苦，哪怕你們能夠挺得住，我也不敢讓你們去。你們還只是小孩子呀！我可不敢冒險。萬一有什麼三長兩短，我可擔不起這個責任！」茶來一本正經的說，「一開始知宵要來旁聽，我就該拒絕。學習變身術很不容易，你們不用太過著急。知宵，如果你真的很感興趣，可以找曲江給你設計一些入門課程，一步一步慢慢來，好嗎？」

茶來的語氣與眼神都很真誠，完全說服了知宵，他不再生氣，從書包裡拿出一個淡藍色的小藥瓶，放在茶來面前，說：「這是我從嘲風大人那兒拿到的藥丸，可以幫助韋老師恢復變身能力。要不要把它們送給韋老師呢？」

「白水鄉的修行完全沒有進展，老師好像真的把她的天賦能力弄丟了，我也正焦頭爛額呢。最近我太忙了，忙碌真是生命的天敵。唉！當時我為什麼要答應幫助老師恢復變身能力呢？一定是因為大家都聚集在客棧裡，憂心忡忡，營造出一種『我們都得幫韋老師一把』的氣氛，而我也受到影響，才會一時衝動說出這樣的話來，就是這樣，我才不喜歡聚會！知宵，你把藥丸送到阿觀家，交給老師吧！剛才八千萬跑來說，找到了老師的背包，他們真是幫了大忙。在白水鄉時，老師也念念不忘她的背包。你們就一起送過去吧！希望阿觀會讓你們進門。」

「你要不要和我們一起去？」知宵說。

「算了吧，我討厭阿觀那臭烘烘的家。老師一回到城裡就跑到他家，絕對是故意想惹我生氣。我可不是那麼容易生氣的貓，生氣多辛苦，我根本不在意。」

「如果真的不在意，就沒必要特別講出來。」沈碧波說。

「胡說八道！」茶來懶洋洋的瞪了沈碧波一眼，又嘆了一口氣，「老師太過分了，我這樣毫無保留的耐心指導，她一次也不願意配合我！在白水鄉這十幾天，是我有生以來過得最辛苦的日子。」

「茶來，我覺得你可以趁這個機會與阿觀和好。」真真說，「韋老師一定也會很高興。她心情好了，就會認真的跟著你修行，說不定很快就能恢復變身能力，那麼，你又能安心待在客棧裡睡覺了。」

「喜歡誰、不喜歡誰是我的權利，你們別多管閒事。」茶來張大嘴巴，打了個誇張的哈欠。「我最近累壞了，要好好大睡一場，你們別來煩我，快出去。」

茶來閉上眼睛繼續睡覺，他那圓滾滾的身體彷彿一座小山丘。三個好朋友互相看了看，輕手輕腳的離開辦公室。

每天放學後，沈碧波的管家金銀先生就會開車來接他回家。今天他們就是乘坐金銀先生駕駛的汽車來到客棧，現在也準備搭乘同一輛車去月湖公園。當然，八千萬也會一起去。

知宵一直很喜歡乘車，喜歡靜靜張望窗外的風景。真奇怪，哪怕是平常看慣的街景，透過車窗打量時，就會變得陌生而動人。哪怕煩悶不已，看著，看著，就能平靜下來。可是，今天他的心像一隻活潑的小松鼠，怦怦跳個不停，他為即將拜訪阿觀的家而緊張不已。

和金月樓不一樣，月湖公園離市中心很近。車窗外的行人與車輛漸漸多了起來，不過公園裡很安靜，感覺像是到了郊外。那裡很適合獨自待著，與自己相處。城裡的妖怪和人類遇到煩惱時，都喜歡在月湖公園裡發呆。

金銀先生帶頭走向湖邊的小房子。它由灰色的磚砌成，經過風雨侵蝕，又破又舊，爬山虎的藤蔓肆無忌憚的攀在房子上，等到再暖和一些，葉子長出來，小房子就會被淹沒了吧？

「以前這兒好像沒有房子。」知宵說。

「它一直都在，只是阿觀施了小小的法術，通常大家很難注意到，畢竟這裡是他家的大門呀！」金銀先生說。

「就在這兒？」知宵有些驚訝，「阿觀神神祕祕的，我還以為他的家會更隱蔽呢！」

「沒什麼必要，又沒有誰會突然闖進他家。」金銀先生又說，「知宵，你來敲門吧。」

知宵點點頭，上前幾步來到門前，那扇門似乎快要散開了。知宵輕輕敲了敲門，說：「阿觀，你好。我是李知宵，不好意思，打擾了。我們有非常重要的東西要轉交給韋老師，你能讓我們進去嗎？」

門裡沒有回應，過了一會兒，知宵又敲敲門，說道：「韋老師，您聽到了嗎？讓我們進去好嗎？我們很快就會離開的。」

這時候，知宵聽到奇怪的聲響，彷彿有什麼東西正從地底湧上來。緊接著，小門上出現了一團金色的印跡，那是一隻鳥兒，它不停揮動翅膀，在門上繞圈，等到終於停下來時，小門輕輕的打開了。

門裡一片黑暗，像是一個怪獸張開的大嘴巴。金銀先生正要帶頭走進去時，阿觀的聲音從門裡傳來：「三個孩子可以進來，蜘蛛和姑獲鳥不行。」

「我也是專程來給韋老師送東西的！」八千萬高聲說道。

「不行。」阿觀說。

金銀先生退回來，對八千萬說：「就讓三個孩子去吧，我們在外面等著。」

八千萬不甘心的點點頭，將背包交給知宵，他千叮嚀、萬囑咐，一定要讓知宵告訴韋老師，這是他費盡心力才找到的。

「咕嚕嚕和嘩啦啦也幫了一點小忙，在旁邊幫我加油、打氣，順便提一提他們的名字就行，主要還是要講講我的光輝事蹟。」八千萬將雙手放在知宵肩頭，嚴肅的看著他的眼睛，說：「我跟你講過的事情經過，你都記得吧？如果忘了，我重新講一次。」

「不用，不用，我記得很清楚。」知宵說。

三天前，八千萬與咕嚕嚕、嘩啦啦拿著背包凱旋歸來。得意揚揚的八千萬不斷向大家講起他找到背包的經過，其實他只是釋放出蜘蛛絲在韋老師受傷的地點搜尋，沒有任何跌宕起伏的經歷，也沒遇到危險。知宵感到為難了，這是只需要一句話就能講清楚的事，他不知道要怎樣將它講得長一些、精采一些。

知宵和真真、沈碧波剛踏進門，牆上的燈就亮了，散發出柔和的光芒。門裡是通往地下的樓梯，盡頭消失在黑暗之中，看起來像一個深不見底的洞穴。知宵心裡沒有絲毫恐懼，只有參觀新地方的好奇與期待。

然而，盤旋而下的臺階似乎沒有終點，繞來繞去，離熟悉的世界越來越遠，空氣好像也不一樣了。知宵開始有些不安，他很想哇哇大叫幾聲，然後逃回地面，幸好這時候他們走完了臺階。盡頭處是一扇緊閉的綠色小門，韋老師就立在門前。她似乎感覺到三個孩子有些緊張，說道：「別害怕，阿觀對小朋友很溫柔，還會主動安慰哭泣的孩子。」

「所以他只讓我們下來，不讓八千萬和金銀先生進門？」知宵說。

「沒錯。」韋老師的目光轉向沈碧波，「你怎麼了？身體不舒服嗎？」

沈碧波皺著眉頭，看起來很嚴肅。他說道：「我剛剛想到一點以前的事，可是又記不太清楚了。沒事的。」

「那就好。」韋老師又說，「你們要給我什麼東西？」

知宵拿出藥丸，詳細說了它的來歷與功效。韋老師半信半疑，說：「我和嘲風並不熟悉，根本算不上朋友，她為什麼要幫我？」

「我的師父本來就是熱心腸。」沈碧波說。

「還是很奇怪。這藥丸絕對不會有任何效果，我的情況自己最清楚，你們拿回去吧！」

「您不要說得這麼絕對，先試一試吧！」知宵說。

可是，無論知宵、真真和沈碧波說什麼，韋老師都不願意收下藥丸，也不給出任何讓人信服的理由，就像一個無理卻固執的老爺爺。三個人奈何不了她，只好放棄，把這個任務交給茶來完成。

接著，知宵取下背上的背包，將它捧到韋老師面前。

「韋老師，這是您的背包嗎？八千萬和咕嚕嚕、嘩啦啦找到它了。」知宵說。

韋老師仔細觀察著背包，又湊近聞了聞，說：「確實是我的。八千萬很機靈呀！茶來竟然對他滿是怨言，說他在仲介公司工作這幾個月，沒有做成任何一件事。好險，好險，我差點兒就信了。你先替我謝謝他們。等我休息幾天回到客棧，再正式向他們道謝。對了，知宵，你將背包打開吧！你們三個人恰好都在這裡，我把你們的禮物找出來。」

知宵四下看了看，說：「在這裡嗎？」

「真抱歉，阿觀不想讓你們進去。」

知宵打開背包，韋老師立刻縱身跳進背包裡，看來，她的背包與知宵的一樣，裡面都很寬敞。幾分鐘後，三個盒子從背包裡飛出來，韋老師再次現身。

知宵的盒子最小，恐怕只能裝得下一個橘子，真真的盒子最大。知宵心有不平，但是轉念又想，不能單純依據盒子的大小確定禮物的分量。

「快打開盒子看看吧！」韋老師的聲音聽起來很高興。

三個人照做了。知宵的盒子裡裝了一隻小海螺，它和雞蛋一般大小，五彩斑斕，上面布滿波浪形狀的花紋。

「真漂亮！」知宵說。

韋老師滿意的晃晃尾巴，說道：「看到小海螺的那一瞬間，我就想：哈！把它送給知宵最合適。有一次你不是纏著爸爸，讓他帶你去海邊？這樣你就能撿到許多海螺嗎？」

「有這樣的事？我不記得了。」知宵說，「謝謝您，我會好好珍惜。」

「對了，上回我不是讓你去我家拿禮物嗎？你拿了什麼？」韋老師又問。

「兩本書。現在有禮物了，書還是還給您吧！我都看完了。」

「沒關係，你還是留著吧！既然你喜歡閱讀，我把所有書都送給你。我家還有什麼東西呢？哪天我清理一下，都送人吧。反正我要走了。」

「您不繼續跟著茶來修行嗎？」沈碧波問。

「不得不學習，我答應過茶來，一定會遵守諾言。不過，最近無論在什麼地方待久了，我都覺得渾身不舒服。白水鄉還是我的家鄉，但是過了十幾天我也有些厭倦，只想趕緊離開。阿觀的家是一個適合休息的地方，不過，我恐怕也沒辦法在這裡待太久，真是在哪兒都不對勁。茶來的指導不會有結果，我比誰都明白，而且，他的態度有時候真的很糟糕，嚴厲得不像話，我都有些害怕他了。唉！要是茶來能夠溫柔一些就好了，他應該跟阿觀學習一下。」

「茶來不願意當老師，您也不願意修行，可是你們又都說不得不遵守諾言。」真真說，「這樣一來，你們不是讓自己過得很辛苦嗎？乾脆解除約定不就好了？」

「對啊！為什麼我和茶來就沒想到這一點呢？」韋老師喃喃說著，閉上眼睛陷入沉思中。

知宵安靜的站在一旁，耐心等待，他想知道韋老師的答案。過了好一會兒，韋老師才睜開眼睛，起身來到真真面前。真真手裡拿著一件大紅色的衣服，沈碧波手中則是一頂黃色的漁夫帽。

「你穿上看看。」韋老師對真真說。

真真展開衣服，原來是一件斗篷。她將斗篷披在身上，繫好帶子，那斗篷像為她量身訂做的一樣，讓她看起來英姿颯爽，假如眼前有一匹白馬，她便能跨上馬當女俠去，行走四方，打抱不平。真真抓起斗篷的下襬打量，說：「好看，我喜歡。它有什麼特別的地方嗎？」

「當然有，你轉兩圈看看。」

真真飛快的轉了幾圈，那斗篷跟著擺動，像洶湧的浪花，可是她停下來之後，並沒有發生什麼神奇的事。韋老師看看那斗篷，說道：「它現在可能正在休息，等會兒醒過來你就知道了。這斗篷我買好久了，一直不知道該送給誰，我總是想著，要快點結識一個適合這件禮物的朋友才行。前幾天見到你，我突然發現，這不就是為了我的禮物量身訂做的小姑娘嗎？我在外面也聽過你的事，便隱隱的有這種感覺，因此，還沒見過你時，我已經喜歡上你了。」

「見了之後呢？」真真問。

「比我想像的更喜歡。我們有些地方很相像。雖然我不知道你正在經歷什麼，但是，沒什麼好害怕的。」

「要怎樣才能不害怕呢？」真真的聲音變低了。

從丹丘回來後，真真有好幾天都不願意見任何人。知宵再次看到她是在新學期的第一天，她的神情讓知宵覺得很陌生。螭吻和真真的父母都認為，無論真真變成什麼樣子都行，不過，她依然不知道要怎麼做才好。知宵和沈碧波無法幫助她，他們只是默默陪在真真身邊，直到她做出決定的那一天。

韋老師低頭認真的想了想，說道：「或許應該努力了解自己？或許時間久了就好了？我也不太清楚。真抱歉，說了一些可能讓你更加不安的話。」

真真沒有說話，四周突然變得很安靜，令人感覺很不自在。沈碧波見狀，戴上韋老師送給他的漁夫帽，問道：「韋老師，這頂帽子有什麼特別的地方嗎？」

韋老師上前兩步，來到沈碧波面前，說：「應該不是變色，但是也有神奇的力量。給我一點時間回想，或者給帽子一些時間，讓它展現自己的神奇之處。」

「說不定你把雞蛋殼扔進帽子裡，它們會變成雲朵。」知宵說，「韋老師，我的小海螺呢？它有什麼神奇的地方？」

「你放在耳邊聽一聽，應該能聽到海浪的聲音。」

「我剛剛試過了，什麼聲音都聽不到。」

嘴上雖然這樣說，知宵還是再一次把小海螺放在耳邊。突然，真真興奮的聲音響起：「哈！變了！變了！」

知宵一轉頭就看到真真的斗篷正在變換色彩——藍色、紫色、白色、粉色、綠色一一登場，最後變成了沉靜的黑色。

「怎麼樣？會變色的斗篷很有意思吧？」韋老師說，「它能變化出好多、好多種顏色，買這一件相當於買了數百件。等到有一天你和它熟悉起來，說不定它能按照你的命令變色，那時你就能把自己藏起來了。」

「穿上這樣的斗篷，沒有誰會不高興！」真真說。她的眼睛裡又有了神采，聲音也已恢復正常。

「正是如此。對我來說，變身術就是我的衣服，我每天變換數十種模樣，也不過是讓自己高興。」韋老師又轉頭看向知宵，「你剛才問到海螺的神奇之處，對吧？真抱歉，它好像只是一個普通的海螺。但是，它多好看啊！你好像從小就喜歡那些色彩鮮豔的漂亮東西吧。」

「唉！誰會不喜歡漂亮的東西呢？」知宵掩飾不住內心的失落，嘆了一口氣。

他更希望韋老師給他一個模稜兩可的答案，這樣他便能有所期待。

「總之，背包能夠重新回到我身邊，真是太好了。」韋老師的尾巴在空中輕輕晃動，「彷彿把我心的碎片給找回來了。」

重要的東西失而復得的感受，知宵非常明白，於是他說：「韋老師，變身能力以及您說的其他失去的東西，一定也能重新找回來！」

「韋老師，您不要自暴自棄，我相信茶來的能力，您比我更了解他，不是更應該相信他嗎？」真真說，「我們都會支持您的，哪怕最後失敗了也沒關係。」

知宵覺得這是一個好機會，所以又從口袋掏出藥瓶子，並將它遞到韋老師面前。「您就試試吧！如果這藥真的有效，您就不需要再跟著茶來辛苦修行了！」

「沒錯，這是逃離茶來魔爪的大好機會！」沈碧波瞪著眼睛，誇張的說。

三張小臉湊到韋老師面前，六隻眼睛齊齊望向她。韋老師無奈的嘆了一口氣，說：「好吧，我試試。」

第十一章

失控的韋老師

知宵將藥瓶打開時，裡面散發出濃重的酒氣。嘲風很喜歡喝酒，知宵懷疑她配製藥丸時，不小心把酒倒了進去。

「好噁心，聞起來想吐！我有一種不好的預感！」韋老師說。

「氣味越濃，效果一定越好。」沈碧波忍不住為自己的師父說好話。

韋老師懷疑的看看沈碧波，勉強將藥丸吞進肚子裡。大家目不轉睛望著韋老師，想看看藥丸會怎樣發揮效力。韋老師似乎也在等待身體出現變化，過了好一會兒，她身後的門打開了。門裡一片黑暗，什麼也看不清楚。

「裡面好像有誰正在看著我們，應該就是阿觀吧？」真真輕聲說。

知宵也悄悄扭過頭去想看個清楚，沈碧波則直接轉身看向房門裡面，說道：「我每天晚上都聽你吹奏曲子，非常好聽！」

在門裡的阿觀回應沈碧波前，韋老師突然大聲嚷嚷起來：「不好！我的身體裡好像有一團火正在燃燒，你們快躲開，說不定我隨時能噴出火來。我的頭好暈，不太對勁。」

韋老師說話的聲音含含糊糊的，她開始東搖西晃，就像喝醉了一樣。知宵有些擔心的問道：「韋老師，您還好嗎？」

「走開！」韋老師的嘴裡噴出濃烈的酒氣，熏得知宵睜不開眼睛。他不由得後退兩步，轉頭朝向別處。突然，韋老師的八條尾巴一起甩動，一股強大的力量如同秋風掃落葉般，知宵、真真和沈碧波都被掃飛了。這時，知宵感覺身後有一股溫和但同樣強大的力量，就像毯子一樣裹住了他們，讓他們能夠輕輕落下，毫髮無傷。

「清暉，冷靜一點！」阿觀的聲音響起，然後從門裡跑出來，來到韋老師身邊。他的身影依然模糊不清。

「好難受，好像要被燒成焦炭一樣。我就說嘲風不可能這樣好心！她……」韋老師突然變成了大舌頭，她嘟嚷半天，加上知宵站得又遠，只聽懂一些零碎的詞句。

「哼，我還不是為了幫你……好心沒好報，你以為自己就能對抗得了他們嗎？忘恩負義的笨蛋……」

全是牢騷話，而且很多詞語不堪入耳。知宵本以為韋老師是在抱怨茶來，仔細一聽又覺得，她抱怨的可能是那讓她失去了尾巴的妖怪。罵人當然不好，知宵也很討厭說髒話，不過，那個妖怪讓韋老師受到了嚴重的傷害，能夠爽快的吼出心中的不滿或許更好。知宵伸長耳朵仔細聽，想在韋老師的話裡尋覓蛛絲馬跡，找到那個妖怪的線索。

阿觀讓他們退得遠一點，獨自上前安撫韋老師。韋老師突然齜牙咧嘴嗷嗷叫，四處亂竄。很快的，她又像是斷電的機器，突然停下來，也不再搖搖晃晃。接著，「轟」的一聲，韋老師倒在地上。

「清暉，你還好嗎？」阿觀焦急的問。

知宵、真真和沈碧波小心翼翼的走上前，看到韋老師雙眼緊閉，毛皮完全沒了光彩。突然，她又睜開眼睛，嚷嚷道：「我好像沒辦法控制自己了。糟糕，我的尾巴是不是變成黑色的了？」

「沒有，你的尾巴很正常。」阿觀說。

「我感覺自己好像正在變色，或許是哪條腿變成黑色的了？」

知宵注意到，韋老師其中一條尾巴的頂端確實變黑了，好像不小心濺上了一滴墨汁。如同石頭扔進水裡後波紋會不斷擴散，那墨汁也擴散開來，不一會兒，韋老師變成了一隻大黑狐。

「這是不是意味著藥丸開始產生效果了？」真真說，「變色也是變身的一種。」

「可是我並不想變成黑色，好難看！」韋老師從地上站起來，拚命甩了甩尾巴，黑色也從她的毛上褪去。她依然搖搖晃晃的，但是比剛才好多了。

「要不你試試，看能不能變成其他模樣？」阿觀提議道。

「沒錯，韋老師，一鼓作氣！」真真忍不住拍了拍手掌。

「韋老師，加油！」知宵說。

韋老師只是呆呆立在原地，目光直直望向前方，好像從眼前的一級級臺階裡看出了宇宙的大奧祕。大家也都不再說話，安靜如同一件寬大、厚實的外衣，裹住了地底的小小世界。

這時候，韋老師打了一個嗝，剛剛被驅逐的黑色物質趁機又從尾巴尖湧上來，前行的速度比上次快很多，很快便淹沒了韋老師。一眨眼，韋老師化成一隻黑色的小鳥兒，她拍著翅膀飛起來，跌跌撞撞的飛進了阿觀的家門。知宵看不清裡面的情況，但是聽到了撞翻東西的聲音。

「韋老師能夠變身了！」知宵興奮的說。

「好像有些不對勁。」沈碧波說。

阿觀跟隨韋老師走進門，知宵、真真和沈碧波也趕緊跟了過去。

門裡沒有燈，但並不是一片昏暗，因為他們腳下的路面散發出光芒。那些光芒是一隻隻鳥兒的形狀，每隻鳥兒的姿態都不相同。三個人雖然擔心著韋老師，卻依然不自覺的被亮光吸引，腳步也慢了下來。知宵踩在鳥兒身上，有那麼一瞬間，他彷彿覺得這些鳥兒正馱著他前行，他不在古井底下，而是飛在天空中。

走完過道，四周突然變得明亮起來，他們來到一個小園子。園中的亮光不是來自燈盞，而是來自腳邊的小草。雖然沒有風，草葉仍在輕輕搖晃，像是有誰正在對它們搔癢。大多數草葉是紫色與藍色，其中還點綴著紅色與黃色的草，綠色的草很少。知宵好奇極了，忍不住彎腰抓住一片葉子，想弄清楚它是怎樣發光的。可是他用力過猛，不小心折斷了葉子，光芒便消失了。

「啊！」知宵叫出聲來，覺得很惋惜，好似他剛剛扼殺了一個明亮的生命。

草地裡遍布曲曲折折的小道，小道的盡頭是圍牆，牆上嵌滿綠色的小門。最引人注目的是圍牆上的圖畫——色彩斑斕的鳥兒。知宵不經意的抬頭望向天空，當然，他看不見藍天、白雲、星星、月亮或是太陽，天空像是一個巨大的顏料盤，就像有誰將各種各樣的顏料傾倒在裡面，不停攪拌，變成五彩斑斕的一片。

「阿觀的家和我想像的不太一樣。」知宵說，「我本來以為這裡一定黑漆漆、陰森森的。」

「現在可不是參觀的時候，我們得趕快找到韋老師。」沈碧波大聲提醒他的朋友。

牆上的門全都緊閉著，他們來到其中一條小道的盡頭，房門依然無法打開。知宵把耳朵貼在門上，想要聽清楚門裡的動靜。這時候，對面的房門突然打開，一隻粉紅色的豹子衝了出來。

知宵受到驚嚇，哇哇大叫。豹子轉頭看了知宵一眼，並沒有靠近，而是朝著進門的小道跑去，很快便不見了蹤影。阿觀緊跟在豹子身後，知宵這才明白那豹子也是韋老師變幻出來的。

「快出去！」阿觀跟著韋老師離開園子，聲音又突然飄進來。

知宵、真真和沈碧波匆匆忙忙離開，來到小道盡頭的門外，這時，已經不見韋老師與阿觀的身影。

「他們應該到地上去了吧？」知宵說。

「我們也上去吧！」沈碧波說。

知宵回過頭，不捨的看了看敞開的房門，跟在真真和沈碧波身後爬上樓梯。他們回到公園時，金銀先生迎上前來，說道：「剛才有一隻粉紅色的豹子從地底跑出來，沒跑幾步又變成一隻藍色的貓，那是韋老師吧？她恢復變身能力了嗎？可是看起來有些古怪。阿觀跟在她身後，八千萬也追過去了。到底發生了什麼事？」

「韋老師吃了藥不太舒服。他們往哪邊走了？我們也要去看看！」知宵說。

「你們追不上的，波波又沒穿羽衣。不要著急，慢慢走，我到前面去瞧瞧。」

說完，金銀先生快步離開公園。知宵他們三人也匆匆跑出公園大門，沒走多遠便來到車水馬龍的大街上。知宵這才想起來，他們是在靠近市中心的熱鬧地段，而剛才在井底的參觀彷彿是夢境。韋老師在哪裡？她依然不停的變換外表嗎？要怎樣才能找到她呢？

知宵、真真和沈碧波都沒有把握，他們瞪大眼睛四處張望，只要看到什麼不對勁的東西就要瞧個清楚，因為那可能是變化後的韋老師。

走過好幾條街，他們依然沒有找到韋老師。知宵隨手摘下一片路邊綠色植物的葉子，這時候，他隱約聽到了達達的馬蹄聲。知宵從未在城裡見過馬兒，這真是太可疑了。他領著真真和沈碧波，循著聲音追過去，來到清靜的河邊。一匹渾身雪白的馬兒就在對岸的散步道上。

「一定是韋老師！」知宵嚷嚷道。

馬兒並沒有放開腳步奔跑，反倒像是在悠哉、遊哉的散步。街上的行人並不多，她卻依然吸引了不少注意力，照這樣下去，一定會有更多的人跑來圍觀。

小橋就在不遠處，知宵、真真和沈碧波過了橋，來到韋老師身邊。知宵在韋老師耳邊小聲說：「韋老師，您現在的樣子太引人注目了，說不定會有員警把您抓走，您還是快變成其他樣子吧！」

韋老師轉頭看了看知宵，眼神中充滿迷茫，似乎沒聽懂他的話。難道這真的只是一匹普通的白馬？牠是從哪兒跑來的呢？

圍觀的人越來越多了，可是阿觀、金銀先生和八千萬都不在。他們怎麼還不來？沈碧波有一部手機，他已經打電話到金月樓，房客們應該很快就會過來吧？

突然，白馬甩甩尾巴奔跑起來，他們三個人只好跟過去。牠在前方路口拐了個彎，闖進一條人潮擁擠的大街。驚呼聲與尖叫聲不斷鑽進知宵的耳朵裡，還有此起彼落的議論聲，三個人只得一路狂奔追趕，邊跑邊大聲呼喊，請大家讓路避開白馬。

幸好這條街並不長，除了奔跑，韋老師沒有其他意圖，沒有造成多大的破壞與傷害。過了一會兒，他們終於來到人煙稀少的地方。這時候，一個模糊的身影迎面走來，那是阿觀。他的身影比往常清晰多了，但是臉孔依然一團模糊，像藏在霧裡。

阿觀來到韋老師面前，伸手攔住她。韋老師猛地停下腳步，跳進了旁邊的小樹叢。那裡的樹苗還很矮小，應該種下多沒久。樹下長滿蕨類植物，被韋老師踩得東倒西歪。阿觀追了上去，剛走兩步，突然一頭栽進草叢裡。

「阿觀，你還好嗎？」沈碧波問。

「我沒事，你們快跟緊清暉。」阿觀說，「她好像很害怕，你們要一直出現在她的視野，要和她說話。熟悉的朋友在她身邊，她會安心一些。」

「明白了！」知宵說。

樹叢旁邊有一條散步道，知宵和真真沿著小道繼續追趕韋老師，沈碧波卻留在原地，他似乎很擔心阿觀。

知宵轉過頭，催促沈碧波跟上來，只聽沈碧波對阿觀說：「現在是白天，你討厭白天不是嗎？你還是快回去吧！不然就再找個什麼地方躲起來。」

「你不用管我。」阿觀說。

「你以前幫過我，還送我回家。要我送你回去嗎？」

沈碧波認識阿觀嗎？可惜現在沒時間打聽，知宵和真真只好拋下他，全力奔跑。然而，他們跑過一條又一條大街小巷後，再也找不到韋老師。他們向人打聽，可是誰都沒見到白馬，韋老師應該又變成其他模樣了吧？

不知不覺間，他們來到客棧附近。

「我們應該往好處想，韋老師應該恢復變身能力了，只是她還不習慣。」知宵說，「或許大家已經找到韋老師了，我們先回客棧問問情況。」

兩個人剛從後門進入客棧，便聽到震天的聲響，像是有誰正想將客棧拆了。

咕嚕嚕和嘩啦啦嚷嚷個不停，知宵聽不清楚他們在說什麼，他還聽見了喵喵叫聲，應該來自茶來。

跑到大廳後，他們看到了韋老師那熟悉的雪白的身影——那一大把尾巴，她變回本來的樣子了！知宵鬆了一口氣。就在這時，韋老師的身體突然裂開，化成數不清的碎片，四散飛去。

知宵忍不住叫出聲，腦子裡一片空白。他一動也不動的站著，那些曾經屬於韋老師的白色碎片在空中飛舞。

「茶來，怎麼辦？」咕嚕嚕慌慌張張的問。

茶來沒有回答，像沒聽見似的，下一秒，轟響聲不斷傳來，門與窗戶全都被關上了。知宵終於回過神來，他跑到茶來身邊問道：「韋老師會怎樣？我們是不是要把這些碎片收起來，再把她拼好？」

「我去把漁網拿出來！」嘩啦啦說著便往雜物間跑。

那些白色的碎片如同迷路的小蝴蝶，沒頭沒腦的四處亂竄，突然之間，它們又聚攏過來，落回地面重新變成韋老師。即使從散開到恢復的時間還不到一分鐘，知宵、真真和客棧裡的眾妖怪，卻感覺像是經歷了一場持續好多年的折磨。

韋老師趴在地上，一動不動，白色的毛黯淡無光，哪裡還有妖怪首領的風采？茶來跑上前去，輕輕呼喚韋老師的名字，她沒有回答，也沒有睜開眼睛。

知宵的眼淚流了出來，怎麼也止不住。受到他的感染，咕嚕嚕和嘩啦啦也哇哇大哭起來。

「你們哭什麼？我還活著。」韋老師有氣無力的說。

「我們知道。太好了，但給我們兩分鐘，讓我們傷心一下吧！」咕嚕嚕抽抽噎噎的說，然後他伸開大胖手臂，把瘦小的嘩啦啦與同樣瘦小的知宵拉進懷裡。兩隻山妖的哭聲太響亮了，還環繞在知宵耳邊，讓他誤以為自己也在哇哇大哭。

「你們三個很吵，知道嗎？」八千萬的聲音傳來，「韋老師聽了也會心煩！」

咕嚕嚕和嘩啦啦不再哇哇大哭，轉變成小聲啜泣。知宵也不想掉眼淚了，他掙脫咕嚕嚕，來到韋老師身邊，說：「韋老師，對不起，我不該給您嘲風大人的藥丸。」

韋老師沒有回答，她緊緊閉著眼睛，不知是否已經昏睡過去。突然，有一隻手搭在知宵肩膀上，他嚇得打了個冷戰，回過頭去，看到阿觀那模糊的臉。

阿觀正盯著知宵。靈力深厚的妖怪，目光也充滿力量。知宵感覺空氣中布滿小小的尖刺，迎面飛來，紮進他的皮膚裡。他想要逃開，可是阿觀將兩隻手放在他的肩頭，限制了他的行動。

「以後不要再自作主張，明白嗎？」阿觀的聲音裡充滿威脅。

「對不起！」知宵說話的聲音似乎在顫抖，眼淚又一次流了出來。

「你快放開知宵，阿覲！」茶來的聲音響起，「用這樣的方式對付一個小孩子，你不覺得丟臉嗎？真要責備誰，你也該去找嘲風。再說了，韋老師剛才的樣子可能是服藥後的正常反應，她都沒說什麼，哪輪得到你來多管閒事？知宵沒有做錯什麼事。還有，金月樓是我的地盤，你別想在這裡撒野！」

阿覲拿開雙手，收回他那咄咄逼人的目光。知宵使勁吸進一大口新鮮空氣，感覺自己又活過來了。

「是你讓那個孩子送藥給清暉的吧？」阿覲鼻子裡哼了一聲，「你根本不是想要幫她吧？你依然記恨她，想要趁機報復。你嘴上說要讓清暉振作起來，恢復變身能力，其實只是讓她越來越虛弱！」

「我為什麼要記恨老師？莫名其妙。我才不想被只會待在地底瑟瑟發抖卻什麼也做不了的傢伙數落！」茶來說。

客棧裡的氣氛變得異常緊張，房客們都跟著變得嚴肅起來。柯立悄悄上前幾步，將知宵拉到身邊。

阿覲並沒有繼續與茶來爭吵，他蹲下來輕聲對韋老師說：「清暉，我們回去吧。」

「回哪兒去？在你那個陰森森的家裡，老師只會越來越虛弱！」茶來跳到韋老師面前，「你根本不願意看到老師恢復正常！我聽老師講過，以前她並不喜歡待在你家，最多半個小時就會離開。這次她竟然願意留在你家，一定是你施了什麼法術影響了她吧？你巴不得她永遠萎靡不振，一直待在你家，這樣一來，你就能一直陪在她身邊！」

茶來渾身的毛都炸開了，看起來比往常更加肥大、圓潤。哪怕是對妖怪的氣息不太敏感的知宵，也感覺到了他的憤怒。這時候韋老師的聲音響起：「我還是想去阿觀家裡休息，茶來，你讓一讓。」

茶來沒有回答，他的身體恢復成平常的樣子，悶悶的從韋老師前面走開。阿觀舉起左手，眨眼間，知宵看到了他手上的那些繁雜的花紋。一團墨綠色的東西從他的指尖蹦出來，撲向茶來的胖臉，「啪」的一聲，像一團泥巴拍在茶來臉上，很快便將茶來團團包圍。

茶來拚命掙扎，他像是陷進了沼澤似的，越反抗就被纏得越緊，最後，知宵再也看不到茶來的爪子或是尾巴露出來，只聽到他不服氣的喵喵叫聲。

「你這又是何必呢？」韋老師無奈的說。

「我只是給他一些教訓。他一直逼你做你不想做的事，讓你受了好多苦。」阿觀的聲音還是冰冷又遙遠。

「我明白你的好意，但不要傷到茶來，可以嗎？」

韋老師跟著阿觀離開客棧，剩下知宵和他的朋友們面面相覷，還有茶來在墨綠色的不明物體裡掙扎。很快的，茶來就逃脫了陷阱，那墨綠色的物體像是一團雲，正想要離開時，被茶來的爪子抓得粉碎，消失在半空中。

「氣死我了。喵！」

茶來氣沖沖往前走，一頭撞到了牆上。知宵跑過去，發現他的眼睛前像是被人蒙了一層紗，剛才那奇怪的東西似乎不小心鑽進了他的眼睛裡。

「茶來，你的眼睛？」知宵問。

「當然是看不到了！你現在就幫我去教訓阿觀一頓！」

「我做不到，你別為難我。」

「那你就把我抱到辦公室，等我先冷靜一下，再想辦法報仇。阿觀啊阿觀，我本來想和你和平相處，井水不犯河水，現在是你主動招惹我，那就別怪我不客氣了！」

知宵抱起茶來，有些擔心他會遷怒自己，在自己手上留下幾道抓痕。幸好茶來並沒有任何暴力行為，只是嘴上不依不饒。看這怒氣沖沖的樣子，茶來應該傷得不嚴重。

第十二章

古老的聲音

韋老師突然四散而去的情景一直浮現在知宵眼前，他憂心忡忡，睡覺也不安穩，還做了一個可怕的夢。夢中的他身體也裂開了，幸好只飛走了一些碎片。知宵到處尋找自己的身體碎片，可是眼前總是模模糊糊的，什麼也看不清。後來，他看到兩團淺綠色的光芒在眼前飛舞，像是螢火蟲。知宵突然忘了尋找碎片的事，想要抓住光芒，但它們很快便飛遠了。

第二天，知宵很早就醒了，他還記得昨夜的夢，記得那兩團亮光。它們到底是什麼呢？夢裡的知宵多麼渴望抓住那光芒，彷彿只要抓住它們，就能抓住幸福和快樂。其實，知宵對現在的生活沒什麼不滿，可是他偶而會覺得，有一種更好的生活在某個地方等著他。

知宵的心情有些低落，他從領口掏出平安扣，將它握在手心裡，很快便覺得舒坦一些。新的一天開始了，學校裡的生活吵鬧又忙碌，他沒時間胡思亂想。

第一堂課結束後，沈碧波拉著知宵來到教室外的走廊，小聲對他說：「昨天晚上我聯繫了師父，問了一下她給韋老師的藥丸。師父說，她的藥一定是有效的，昨天的所有變化都是證明。韋老師一時沒有恢復過來，就再吃一粒，把瓶子裡的藥都吃完，絕對有效。不知道韋老師有沒有繼續吃藥。」

「還是不吃比較好吧！萬一又像昨天那樣破碎散開，飛走後再也不能還原，那可怎麼辦？」知宵擔心的說。

放學後，知宵獨自乘車去金月樓。他的媽媽因為工作要離家兩天，他會暫住在客棧裡。

知宵認為，茶來的眼睛受傷他也有責任，因為茶來和阿觀發生爭執，是為了幫他說話。他來到仲介公司的辦公室探望茶來，茶來不在，八千萬也不在。他又打電話到龍宮，想問問螭吻，嘲風的藥丸到底是怎麼回事，可是螭吻沒接電話。

知宵離開辦公室來到樓下。客棧裡靜悄悄的，天快黑了，大家都去了哪裡？

不知是誰在哼著小曲，知宵循聲來到中庭，看到轟隆隆正坐在池塘邊喝茶，大腿上放了幾塊點心。轟隆隆在客棧住了多久呢？知宵不清楚，打從他記事起，轟隆隆就住在這裡了。他喜歡安靜，大部分時間都是獨自待在客棧。

轟隆隆不太喜歡過問客棧的事，他有一個屬於自己的小小世界，不願意輕易與誰分享。知宵與轟隆隆的關係不算特別親密，不知道該和他說些什麼。他來到轟隆隆身邊坐下，將一塊餅乾塞進嘴裡，看著眼前的花草，注意到了那個快被花葉淹沒的小兔子擺件。幾年前的冬天，知宵用壓歲錢將它買回來，放在這裡。小兔子永遠懷抱著一本書，嘴角永遠掛著微笑。後來阿吉搬進客棧，硬要說這隻小兔子像他，這是冥冥之中註定的緣分。

知宵把小海螺放在耳邊，有那麼一瞬間，他好像聽到了什麼。這時候轟隆隆說道：「時間終於開始流動了。」

知宵轉頭看看轟隆隆，發現他的嘴角還沾著奶油。

「以前時間是靜止的嗎？」知宵問。

「當然不是，不過給我的感覺是靜止的。每年，季節會變化，天氣會變化，但生活都是一樣的。你父親過世時，好像有些不一樣了，時間前進了一點點，又放慢了腳步。韋老師這次回來，便是要推動時間的車輪繼續往前吧？」轟隆隆嘆了一口氣，接著說，「一直以來，雖然有許多妖怪活躍在這個城市，卻是在韋老師定居後才變得如此熱鬧。韋老師離開後，不知道又會有什麼樣的改變。我啊，大概在五年前就感覺到一種變化的暗流正漸漸匯聚，如今終於顯現出來啦！」

「變化不一定是壞事。」知宵說。這個想法最近常常出現在他的心裡，他越來越相信這一點。

「沒錯。」轟隆隆伸手拍拍知宵的肩膀，「你能這樣想真好。」

知宵這才意識到，原來轟隆隆看出他不高興，正以自己的方式來安慰他，他覺得心裡暖洋洋的，使勁點點頭。

「哈！可愛的小海螺。」轟隆隆終於注意到知宵手中的禮物，他伸過脖子仔細瞧了瞧，又說，「我在商店裡見過這種海螺，只要將它放在空曠的地方，它就會捕捉到飄盪在空氣中的聲音，將它們存起來。聽說，這個世界上的許多聲音最後都沉進了海底，所以將它放進海裡，能夠捕捉到最多的聲音。知宵，你仔細聽聽看，說不定能聽到幾百年前的聲音。」

「真的嗎？」知宵興致勃勃的將海螺貼在耳朵上。不過和剛才一樣，他依然沒能聽到任何聲音，真是失望極了。

「不要著急，慢慢來。」轟隆隆說。

知宵又點點頭，他明白，這小海螺現在和他還不熟。真真剛繼承來自她外婆的神奇毛筆時，那枝毛筆也不願意聽她的話，她花了很長時間才和那枝毛筆成為朋友。知宵向轟隆隆道別，回到自己的房間，一心一意捕捉海螺裡的聲響。

客棧裡很暖和，沒有其他事情可做，肚子也不餓，知宵很快就打起瞌睡來。

他趴在桌子上，依然將海螺放在耳邊，半睡半醒間，彷彿聽到了嘻嘻的笑聲。他興奮得從椅子上跳起來，結果右腿不小心撞到書桌，差點碰落桌上的筆筒。

海螺裡的笑聲淡去，知宵又聽到了說話聲。那是一個低沉的聲音，可能來自某個老人，它像波浪一樣微微顫抖，說著一種陌生的語言，知宵聽不懂它說了些什麼。不過這又有什麼關係呢？這是一個儲存著歷史的海螺呀！

「韋老師記錯了，它不是普通的小海螺。我應該把這個發現告訴她！」

知宵興沖沖的抱著海螺跑出門，再搭乘公車前往月湖公園。天色暗了，公園裡空無一人。昨天被阿觀的目光震懾住，知宵心有餘悸。他來到湖邊，離阿觀家的大門有一段距離，猶豫著要不要上前去，然後，他圍繞月湖轉了一圈，突然又想：「阿觀一定知道我來公園了，如果現在跑回去，他一定會覺得我是在害怕。」

既然如此，知宵鼓起勇氣來到阿觀家門前，輕輕敲了敲門，說明自己到這裡來的目的。他等了又等，金色的鳥兒沒有出現，阿觀或韋老師都沒有回應。或許韋老師正在為知宵送去藥丸而生氣吧？

不管韋老師是否能聽見，知宵自顧自講起了小海螺的事，但是沒有得到任何回應。知宵嘆了一口氣，準備打道回府，這時候，一隻白色的小蝴蝶圍繞著他翩翩飛舞，從他眼前飄過。知宵定睛一看，發現那並不是真正的蝴蝶，他伸出手去，蝴蝶便落到他的掌心，那是一張疊好的紙條。知宵拆開紙條，上面寫著：

知宵，請你轉告大家別再來打擾我，我準備在井底長居，好好休養。希望你能從小海螺裡聽到更多有趣的聲音。

韋老師聽到他說的話了！知宵認真的將紙條疊好，高高興興的回到客棧。茶來也回來了，他眼睛裡的黑暗似乎淡了一些。

「我現在能看到一些亮光，隱約能看出你的輪廓。」茶來說，「真是的，連你的輪廓看起來都是呆頭呆腦的。」

知宵早就習慣茶來的揶揄，又體諒他現在受了傷，決定不和他一般見識，便問道：「你去哪兒了呀？」

「到處走走。」

知宵拿出剛才收到的紙條，將上面的內容念給茶來聽。聽完後，茶來才嘆了一口氣，說：「她如果願意，就繼續留在那兒吧！」

「你真的認為是阿觀用法術影響了韋老師，她才會想待在他家嗎？」知宵問。

「這只是我的懷疑。阿觀很喜歡也很依賴老師，這一點你應該感覺到了吧？如果你太依賴誰，不知不覺就會做出許多奇怪的事。」

知宵想到了阿觀那明亮、動人的眼睛，他很容易被美好的事物打動，所以認為阿觀不會這樣做，不會趁人之危。當然，他沒有講出來，怕惹得茶來不高興。

「那你要找阿觀報仇嗎？」知宵又問。

「下次再說吧。我現在若和他鬧起來，只會給老師添麻煩。況且，阿觀說得沒錯，我確實讓老師受苦了。」

茶來嘆了一口氣，眼神黯淡下來。知宵看出他不高興，便問道：「你還好嗎？」

「今天上午，八千萬對我說，我太著急了，把老師逼得太緊，只會適得其反。我應該慢慢來，給老師一些時間。後援會的成員好像也這樣想，他們都贊同阿觀的做法，希望老師好好休息。知宵，你覺得呢？」

「我和你一樣，希望韋老師能夠盡快恢復變身能力，所以才會送去嘲風大人的藥丸。」知宵說。

「你多少也是受到我的影響吧？我仔細想過了，丟了一條尾巴後，老師就和從前截然不同。八千萬說老師已經很難過，我不僅是她的弟子，也是她的朋友，應該想辦法讓她快樂。然而，正因為是朋友，更應該想辦法讓她振作，不是嗎？我說話不太動聽，個性也不太好，沒能力也沒信心給誰快樂，當不了開心果，但是，自我振作要簡單多了。」茶來又輕輕嘆了一口氣，說，「我以為，只要老師找回變身能力，就能從丟掉尾巴以及被喜歡的朋友背叛的失落中走出來。」

「被喜歡的朋友背叛？難道傷害韋老師的妖怪是她的朋友？」知宵有些驚訝，

不由得提高了聲音。他想起昨天韋老師吃藥後說的那些話，確實像是對朋友說的。

「她沒有明確對我講過，不過我消息靈通，憑我掌握的情況，大概能夠猜出來是誰。只是，老師不講明，一定是不想讓我們插手她的私事，所以我尊重她的想法。我能做的就是讓她趕快恢復正常，有力量、有勇氣面對傷害她的那個傢伙。不過，如果老師真的不願意，那就由她去吧！歸隱白水鄉也好，一直待在阿觀家也好。」

茶來蜷縮成一團，看起來比往常嬌小多了，顯得楚楚可憐。知宵突然想到了什麼，大聲說道：「茶來，我覺得你並沒有做錯什麼。哪怕韋老師真的是因為你的逼迫，才會答應跟著你修行變身術，也不代表這是你的錯。韋老師會回到城裡，可能就是想要得到你的幫助。」

「此話怎講？」茶來豎起耳朵，似乎很感興趣，這給了知宵接著講下去的勇氣。

「如果韋老師討厭修行，她也有很多機會逃走呀！哪怕不遵守與你的約定，你也不會怪她，誰都不會怪她。我有時候很想偷懶又覺得不應該偷懶，就希望有誰能一直站在身邊提醒我，當我分心時，那個人就大吼一聲。韋老師可能也有這樣的想法。她受了傷又很虛弱，哪怕是收到我的信，也沒必要一定要回城裡來，可是她還是回來了，說不定她就是想到你在城裡，她希望你能在她身邊大吼一聲。」

茶來愣了愣，突然哈哈大笑，不停的在地上打滾。知宵有些不高興的說：「我講的話哪有這麼好笑？」

「我沒有看不起你的意思。老師說過，丟了尾巴後，她不知道該怎樣做才好。你的想法可能是對的，知宵。老師選擇回到城裡，或許真的是希望在我們的幫助下，找到通往未來的路。」

茶來的聲音裡添了些許活力，知宵也喜孜孜的，不由得從嘴角湧出笑容來。

「我會繼續指導老師修行。」茶來繼續說，「不過，先讓老師好好休息一陣子吧。還有，我要改進一下教學方式，我還是不夠有耐心、不夠溫和。嘴上一直說自己不想指導她，只想睡覺，老師聽了一定也覺得沮喪吧？當我還是一個沒什麼法力的小妖怪時，蠢笨至極，她也沒有朝我發火呀！我要像她當初對待我那樣的對待她。」

「我支持你，茶來！」知宵說。

「謝謝！現在一切都理清了，晚安。」

茶來閉上眼睛，開始一場無休無止的睡夢之旅。見他不再沮喪、失落，知宵心滿意足的離開了辦公室。

第十三章

夢裡花開

韋老師住進阿觀家後，過了好多天也沒在地面世界現身。茶來的變身課中止，阿吉多少有些沮喪，不過，前段時間的課程令他受益良多，他信心滿滿，決定獨自練習。

知宵終於明白，他還是和以前一樣，對修行法術的事沒有多少興趣。如今三分鐘熱度消散，他並沒感覺多麼可惜，只是為自己有這樣的想法而生氣。

然而，曲江從遠方打來電話，告訴知宵他很快就會回來。奔波幾個月之後，他會好好休養一番，到時候便有大把的空閒時間，可以依照知宵的興趣做變身課的課程安排，而且要親自指導他。不過曲江畢竟不是專家，做事又太過嚴謹，不知道他這份計畫會花多長時間才能制定出來。況且他還沒回來呢，不急，不急。

「我必須對自己嚴格一些，別再懶懶散散，要好好聽曲江的安排，一定要學會變身術！」知宵暗暗下定決心。他認為在找到自己真正感興趣的事情之前，必須強迫自己盡量去嘗試更多的新事物，不好好的了解它們，又怎麼能確定自己到底是否有興趣呢？

城裡的妖怪都很擔心韋老師，有的還去過月湖公園，也和知宵一樣沒能見到她的面。許多外地的妖怪、精靈也來城裡探望韋老師，同樣是吃了閉門羹。

後援會會長八千萬認為，韋老師身心疲憊，應該靜靜休養，大家一窩蜂跑去探望她，雖然是好心，其實反而給韋老師添了麻煩。他提議大家把想要對韋老師說的話寫下來，再將禮物集中起來，由他負責想辦法到阿觀家中探訪，大家都表示贊同。幾天後的下午，知宵和真真、沈碧波一進客棧，就看到一大堆禮物與書信。

其中一封信是蒲牢送來的。蒲牢是龍王的第四個孩子、螭吻的姊姊，她經營著一家療養院。知宵不知道信裡寫了什麼，據八千萬推測，蒲牢一定是想邀請韋老師到風來山莊暫住，調養身體。

「蒲牢大人和嘲風大人還真是熱心啊！」八千萬感嘆道，「龍王一家中，就數她們倆最愛操心。」

「你叫我們來幹什麼？」真真問。

「昨天晚上白若看到韋老師了，當時她的心情不錯，一路笑個不停。她仍然保持著狐狸的外形，精神狀態似乎不錯，還主動和白若打招呼。」八千萬說。

「難道韋老師吃完嘲風大人的藥丸，已經恢復了變身能力？」知宵說。

「有可能，畢竟是嘲風大人。」真真說。

「那我們現在可以去探望韋老師了！」

「沒錯，這也是我的打算。」八千萬鄭重其事的說，「不過，上次我去月湖公園吃了閉門羹，心裡沒把握。你們三個人去過阿觀家，我想請你們當嚮導，拜託了。」

誰不喜歡被朋友信賴呢？可是知宵有些為難，說道：「因為拿藥丸給韋老師的事，阿觀說不定還在生氣，我和你們一起去真的好嗎？」

「我和真真也一直勸說韋老師服藥，他一定也不歡迎我們。」沈碧波說，「韋老師那天好危險，元氣大傷，說不定也有些怨我們。」

「韋老師沒那麼小心眼。你們覺得過意不去，這種心情我能理解，所以你們更要和我一起去，趁這個機會正式向韋老師道歉，怎樣？」八千萬又說，「依韋老師的個性，她一定不會責怪你們，甚至不會責怪製作出藥丸的嘲風。只是我覺得，還是應該向她道歉比較好。」

知宵、真真和沈碧波都贊同八千萬的話，決定與他一起出門。他們坐上金銀先生的汽車，前往月湖公園。直到這時候知宵才想起來，他還沒向沈碧波打聽一件很重要的事。

「你認識阿觀，對嗎？」知宵問道，「怎麼認識的？」

真真這才想起那天的事情，說道：「對啊，說來聽聽。」

沈碧波不像往常那樣扭扭捏捏，說道：「你們也知道，有一段時間我很煩惱，常常到月湖公園發呆。有一天我坐在湖邊，不知為什麼好難過，忍不住哭了起來。那時候我遇到一個看不清楚面孔的妖怪，他硬是要給我糖果，還要送我回家。我拒絕了，他就一直站在旁邊，直到我不再哭泣才離開。他的聲音冷冰冰的，但是我完全不覺得害怕。我一直有些懷疑他就是阿觀，現在終於證實了。」

「上次韋老師講過，阿觀比較親近小孩子，還會安慰哭紅鼻子的小朋友，原來那個小朋友就是你。」知宵說，「我有一個好辦法！如果阿觀不讓我們進去，我們可以裝可憐，說不定他就心軟了！」

「我才不要，這是你最擅長的事情，就交給你了。」沈碧波說。

「我平常又沒故意裝可憐！」知宵反駁道。

「我第一次看到你時，也覺得你是一個很讓人憐惜的小朋友。」金銀先生說，「有這樣的能力不是挺好嗎？大家都會願意幫助你。」

「好是好，不過，我還是希望自己看起來更強壯、更有力量。」知宵說。

汽車很快停在公園門口，大家一起來到阿觀家門前。敲門之後，金色的鳥兒再次出現，嘴巴一張一合，傳出阿觀的聲音：「昨天夜裡清暉離開了，還沒有回來。」

如果阿觀所說的是事實，那麼，韋老師當時心情愉快的奔跑在街上時，就是她離開之時？

「你知道韋老師去哪兒了嗎？」知宵又問。

「不知道，但是她的樣子有些奇怪。你們熟悉地上的世界，請一定要找到她。」

「韋老師恢復變身能力了嗎？」八千萬問道。

鳥兒不願再張嘴，很快便消失了。大家你一言、我一語，又拋出七、八個問題，但是都沒有得到回應。大家有些惱怒卻又無可奈何，只得離開公園。坐進汽車後，知宵從口袋裡掏出小海螺，放在耳邊聆聽。當汽車駛上高架橋時，海螺裡傳來了茶來的呼喚：「老師！」

那聲音是悲傷的、急切的，知宵很少聽到茶來這樣說話。一如往常，海螺裡的聲音都是過往世界殘留的碎屑，茶來的聲音沒有再次出現。

知宵轉頭看著窗外的風景，看到了遠處的天之角。墨藍色的雲堆積在那裡，就像是一座座高山，像是神靈居住的地方。或許它們不是雲，真的是山，是仙境的山投射在人類世界的影子。

「說不定這時候韋老師就在那座山上。」知宵心想，「說不定韋老師再也不會回來了。」

知宵感覺他的心彷彿沉進了寒冬的湖水裡，難受極了。下一次再見韋老師會是多少年之後呢？妖怪活的時間太長了，他們說很快見面，可能會是幾十年後，到時候，知宵已經變成一個白髮蒼蒼的老人。

知宵不禁又想到了八哥妖高飛，他也在客棧裡住了好多年。高飛的妹妹身體虛弱，為了讓她過得舒適一些，高飛決定到仙境桃花源生活，所以一個多月前離開了。金月樓裡有許多長住的房客，比如曲江已經在客棧裡住了幾十年，可是客來客往才是旅店的常態，作為客棧主人，知宵覺得自己好像不停的在說再見。

「不僅是韋老師和高飛，總有一天大家都會離開客棧，曲江、柯立、白若、八千萬，所有的房客。」知宵越想越沮喪，「這樣不公平！總有一天，我要成為旅行在外的那個人，要讓大家都留在原地想念我！」

這樣又過了兩天，天氣越來越暖和，到處可見嫩綠的葉子，還有許多花兒排著隊準備綻放，新的一年終於正式開始。韋老師依然下落不明，後援會的成員以及客棧的房客，當然，還有茶來，還在不停搜尋韋老師的身影。城裡其他的妖怪沒那麼緊張，大家似乎慢慢接受了韋老師已經離開的事實。雖然有些失落，但大家的生活照常進行，畢竟，韋老師這幾年一直在外面旅行，這就像是一場漫長的告別，大家應該早已習慣了韋老師不在城裡的日子。

這天晚上，知宵正要睡覺，柯立突然上門來，要他一起去客棧。

「阿吉的盆栽開花了，快去客棧看看吧。」柯立說。

知宵興奮極了，興沖沖的換好鞋子準備出門。這時候，柯立小心翼翼的對知宵的母親說：「您要不要也去看一看？」

「我們一起去吧！」知宵嚷嚷道，「那是夢裡的花，一定和我們見慣了的花兒不一樣！」

知宵的媽媽果斷拒絕了，她一直不太喜歡去客棧。這一年多來，她對房客們的態度已慢慢緩和，但是要讓她與妖怪成為朋友，還需要一些時間。知宵有些失落，不過，想要看到夢裡花的心情很快占據了上風。

來到客棧時，房客們全都聚集在阿吉的房間裡，連真真、沈碧波和金銀先生也來了。知宵完全沒空與他的朋友打招呼，因為他一進門，夢裡花就像一隻靈敏的小鹿，蹦進了他的眼睛裡，讓他再也沒心思注意其他的事了。

那朵花是藍色的，很獨特的顏色，知宵似乎沒在別的地方見過。誰都不敢離花兒太近，連呼吸都是輕輕的，就怕一旦驚擾了花兒，它會像積雪一樣融化了，從枝頭流走。

這可能是夢的顏色吧？這是一團凝聚著的夢境。

柯立的姪子——包子、餃子和饅頭正小口、小口吃著薯片助興，柯立小聲提醒道：「你們別在這裡吃東西，會熏著花兒了。」三隻鼠妖聽後乖乖放下袋子。

「應該有一位歌唱家在這裡，為花兒唱一首歌。」白若說。

「我們客棧的歌唱家就只有曲江，還是算了吧，他的歌會把花兒嚇死的。」八千萬說，「不過，曲江不在真是可惜。」

「等會兒我聯絡一下曲江，說不定他會提前回來賞花。」柯立說，「現在要不要放點音樂？」

「我來，我來！」包子說，「阿吉，你喜歡什麼？」

「什麼都行，要不播放囚牛大人寫的曲子吧。」

「好的。」

不一會兒，柔和的音樂聲響起，在這小小的房間裡流淌。花兒應該也很喜歡吧，它在輕輕的搖晃。

「要是有現場演奏更好，其實阿觀在這裡挺合適，他的簫聲很動人。」轟隆隆說。

誰也沒有搭理轟隆隆，柯立又說：「也不知道這朵花兒會開多久，咱們明天就開賞花會吧，該讓大家都來瞧一瞧，誰見了這花都會高興的。阿吉，你覺得呢？」

「好主意。」阿吉輕聲說。

「我們可以幫忙籌備。」包子自告奮勇說。

這時候茶來跳上書桌，伸長脖子望著花兒。知宵問道：「你能看得見了嗎？」

「眼前還有一層薄薄的霧，影響不大，而且，朦朧之中的東西有別樣的美感，你們都沒機會看到了，可惜，可惜。」茶來說。

之後誰也沒有再說什麼，任由音樂陪伴夢裡花。知宵挨著真真和沈碧波坐在床上，他的目光一刻也不肯離開夢裡花，怎麼看都看不夠。知宵在心裡打定了主意，準備一夜不睡看著花兒。

可是，那一團夢幻的藍色變得越來越濃，突然又黯淡下去。很快的，萎縮的花瓣緊緊抱著花莖，花莖也跟著乾枯，就在大家眼前，它竟然消失得無影無蹤！太快了，可能不到十分鐘！知宵的心被什麼東西刺痛了，看到如此美麗的東西在眼前消失，卻什麼也做不了。

「辛苦盼了快兩年，就這樣結束了？」白若說。

「賞花會該怎麼辦？就在剛剛那幾分鐘，我連菜單都想好了。」包子說。

阿吉跑到空花盆前面，呆呆望著那曾經給予花兒營養的泥巴，不知道在想什麼。在知宵的眼裡，阿吉的背影單薄、瘦小，可憐巴巴的。這盆花一直陪伴著阿吉，在他難過的時候、在他孤單的時候、在他高興的時候。花兒死去，不就相當於失去一位重要的朋友嗎？

平常在客棧裡，阿吉還算機敏、活潑，到了客棧外面，因為他的變身能力太弱，在人類世界待的時間也不長，總是有些膽怯。阿吉是客棧裡最孩子氣的一位房客，知宵一直和他關係很好，把他當成弟弟一樣照顧。

知宵也很難過，他起身上前去拉著阿吉的手，想給他一些安慰。這時候茶來說：「聚會可以照常進行，只是不能辦賞花會，只能辦送花會。」

「送花會？」阿吉喃喃重複道。

「沒錯。哪怕只有短短幾分鐘，也要感謝它把美好帶來我們身邊，它值得我們鄭重送別。」

妖怪房客們你看看我，我看看你，最後大家的目光都轉向阿吉，等著他做決定。

「好的。」阿吉說。

包子彈了一個響指，說道：「那我們三個繼續籌辦送花會！」

「最好快點，不然花兒走遠了。」茶來說，「今晚大家先去休息吧！也許阿吉需要一些時間獨處。」

大家正準備離去時，走在最前面的八千萬很快便停了下來，嚷嚷道：「韋老師，您什麼時候來的？」

知宵趕緊擠開兩隻山妖，上前兩步，果然看到了韋老師。她依然是狐狸的樣子，但是毛皮充滿光澤，尾巴也精神抖擻的在半空中擺動。

「韋老師！」知宵高高興興的打招呼。

韋老師看了看知宵，她的眼神似乎也恢復了往日的神采。

「我來了好一會兒了，你們全都在專心看花，沒注意到我。這時候哪怕我把客棧搬空，你們也察覺不到吧？花兒真漂亮啊！啊，看到太好看的東西，我便覺得心痛。」

韋老師來到阿吉身邊，看看空花盆，說道：「小兔子別難過了，不過是一朵花兒呀！夢裡花，難道是從夢中拿出來的？前些天在白水鄉，你老是說起你的朋友波粼粼，再讓她給你一朵好了，你要是喜歡，十朵、百朵也能養出來。」

「韋老師，您不明白這朵花對我的意義。」阿吉有些不高興的說。

「我明白，大家都喜歡將意義寄託在物品裡。鹿吳山上的傷魂鳥最喜歡做這種事情，收集了一大堆東西。我也一樣，不能免俗。」

不知為什麼，韋老師突然哈哈大笑起來，知宵也有些不快，不明白她為何不能體諒一下阿吉的心情。他轉頭看著韋老師，發現韋老師與平常不太一樣——她的脖子上繫了一條五彩的繩子。

第十四章

宴會籌備中

韋老師的項鍊太過引人注目，連眼睛不方便的茶來也注意到了，他問道：「老師，您之前好像沒戴項鍊吧？」

大家的目光都集中在韋老師的脖子上，知宵也一樣。這突然出現的項鍊，說不定和韋老師的轉變有關。

韋老師看了八千萬一眼，說：「多虧八千萬幫我找回背包。我在阿觀家無事可做，心情煩躁，便開始整理包裡的東西，無意中又找到這條項鍊。我平生最大的愛好之一是送禮物，看到好東西便想買下來送給哪位朋友。有些東西暫時不適合送給任何朋友，我就先把它存下來，說不定哪天就能結識一位適合那份禮物的新朋友。這條項鍊一直沒有合適的贈送對象，那天我突然發現，原來它適合送給自己。戴上它之後，心裡的陰霾全都消散了，我彷彿渾身充滿力量！於是我出門四處遊蕩，活動筋骨，現在依然不覺得疲憊。哈哈哈！我好久沒像現在這樣暢快呢！我沒事了，地面世界的一切、我珍視的朋友、我建立的一切聯繫，都是我能夠承受的了。」

韋老師的目光掃過眾房客，似乎想得到回應。大家都沒說話，像是一時之間找不到合適的表達方式。八千萬突然鼓起掌來，嚷嚷道：「太好了！」大家紛紛附和，臉上都是喜氣洋洋的衷心為韋老師高興。知宵也一樣，可是他隱隱覺得有什麼地方不對勁。

「老師，您接下來有什麼打算？」茶來異常平靜的問道，「留在城裡生活？歸隱白水鄉？還是安心修行變身術？」

「別這麼咄咄逼人，茶來。」韋老師說道，「這件事過些日子再說，行吧？眼前我還有更重要的事情要做，第一是我必須找嘲風談一談。她託知宵捎給我的藥丸太奇怪了，根本是想謀殺我！我和她見面不到五次，沒什麼來往，不可能結下仇怨。我要問問她，到底我是做了什麼惹得她不高興。」

「韋老師，哪怕您是她的仇敵，師父也不會用這樣的方法報復您，請您不要冤枉她。」沈碧波高聲說道，「師父說過，您吃完瓶子裡的藥丸，很可能就會恢復變身能力。您應該試一下，如果沒有效果，那時候您再找我師父理論也不遲。」

「呵呵！」韋老師也提高了聲音，「那天我吃了藥後身體四分五裂，意識也四分五裂，現在我的身體雖然恢復正常，意識卻還在修復期呢！在這樣的狀況下，我怎麼可能繼續吃藥？你不用維護嘲風，無論如何我都要找她談一談。除此之外，我還有更加重要的事情必須去做，我得把那個奪走我尾巴的傢伙揪出來。當然，這兩件事都不用急著今天去實行。首先，我得好好放鬆一下，這幾個月可把我憋壞了。剛剛你們提到的送花會，好像很有意思，我也要參加！」

韋老師轉頭看著茶來，茶來沒有說話，看他的樣子，彷彿不太滿意。八千萬在旁邊說道：「韋老師說得沒錯，不用著急，反正我們有的是時間。」

「這樣也好。」說完，茶來便離開了阿吉的房間。

夜深了，韋老師果然精力充沛，絲毫沒有睡意。她不打算休息，決定獨自在城裡逛一逛，走遍這座城市的每一個角落，看看她離開這幾年，城裡發生了哪些變化。

知宵睏得快睜不開眼睛，迷迷糊糊的坐車回到家，倒頭便睡。夢裡花的影子突然閃現在他的眼前。

「夢裡花，夢裡花，請你出現在我的夢裡。」知宵暗暗祈禱著。

整個晚上知宵都沒有做夢，他並不氣餒，到了第二天晚上睡覺時，仍然努力回想夢裡花的模樣，希望那朵花能夠再次出現在他的夢裡，結果依然失敗了。學校的生活太忙了，知宵沒空再關心客棧的事，直到星期六，他才再一次來到客棧。

送花會還在籌備中，房客們忙進忙出，東奔西走，整個客棧生機勃勃。知宵從白若那兒了解到，韋老師主動承擔起籌辦送花會一事，她想借這個機會宴請城中所有妖怪。幸好金月樓足夠寬敞，不愁容納不下。

知宵的太奶奶還住在金月樓時，常常大擺宴席招待朋友。知宵的爺爺個性豪爽，也喜歡熱鬧的聚會。不過知宵的父親個性內斂，偏愛安靜，很少籌辦大型宴會，上一次全城妖怪齊聚金月樓，已經是十多年前的事情，那時候知宵還沒出生。

「我還從來沒在金月樓見過特別熱鬧的場景，一定很好玩！」這樣想著，知宵更是興致勃勃，恨不得明天就是送花會。

快到中午時，客棧裡發生了一件不愉快的小事。轟隆隆想要借這個機會好好清掃客棧，韋老師提議乾脆把客棧重新裝潢一番，而且她心中已經有完美的方案，知宵聽了也覺得不錯，但是轟隆隆很不滿意。

「知宵，住在金月樓的是我們，韋老師還不是這裡的房客，我們的意見不是更重要嗎？」轟隆隆說，「況且，送花會定在四天後，重新裝潢哪裡來得及？這是一件重大的事情，應該慢慢商量再做出決定。」

知宵同意轟隆隆的想法，就算真的要重新裝潢客棧，也應該拿出讓房客們都滿意的方案來。後來，韋老師又把這件事主動攬在身上，還說要承擔所有裝潢的費用，這件事情才暫告一段落。韋老師似乎很享受忙碌的過程，客棧上上下下都迴盪著她那爽朗的笑聲，讓人以為金月樓裡有好多個韋老師同時出現在不同的地方。

在知宵的記憶裡，過去的韋老師爽朗、快活，只是和眼前的模樣好像有些不同。他見韋老師的次數太少，不太確定心中的想法，於是跑去請教八千萬。

「韋老師好像是比以前更開朗、好動了，她不再像前段時間那樣頹喪，對什麼事都沒興趣，我們後援會也就放心了。」說到這兒，八千萬熱淚盈眶，拿袖子擦了擦眼淚。

「可是，如果沒有項鍊，韋老師是不是會和前幾天一樣？這樣說來，並不是韋老師變得高興了，是項鍊讓她感覺高興而已。」知宵說。

八千萬想了想，回答道：「你的想法很有道理。但是，誰都不是刀槍不入、無堅不摧的，尋求幫助並不丟臉。時間久了，等韋老師的情緒真正穩定了再取下項鍊不就好了？」

知宵認同八千萬的話，心中的疑惑似乎暫時消散了。他在客棧裡跑上跑下，幫忙做些雜務，高高興興的為幾天後的送花會做準備。當他出門扔垃圾時，彷彿也感受到了春天的氣息，心想春天可能就在街角沉睡，等著被歡樂的宴會喚醒。

然而，很多事情正在發生，金月樓裡聚集了好多住在本地的妖怪，大家的閒談不知不覺便飄進了知宵的耳朵裡，他無法當作什麼也沒聽到。

大家都在談論煥然一新的韋老師。最近，她決定不再只當精神上的領袖，要切實履行自己的職責，處處關心大家的生活。她主動解決城中妖怪的煩惱，盡她所能提供幫助，這當然沒什麼。可是，哪怕大家過得平靜、快樂，她也能想盡辦法找到能夠幫上忙的地方。她的精力太充沛，好像不找很多事情讓自己忙起來，心裡就不踏實。現在，韋老師是名副其實的老師，成天在城裡晃，找機會說教。

在客棧裡，得到最多「關照」的是山妖咕嚕嚕和嘩啦啦。韋老師聽說他們倆老是捉弄知宵，狠狠的說了他們一頓，兩隻山妖有些怨言，前兩天嚷嚷著要退出後援會。

到了星期天，知宵照例來客棧消磨閒暇時光，還跟著鼠妖三兄弟去沉默大廈採購宴會所需的物品。鼠妖三兄弟向來消息靈通，知宵在路上聽說，城中的妖怪並沒有多感激韋老師，他們的埋怨反而可以裝滿整個金月樓。

「不過韋老師也是好心。我爸爸說過，無論你選擇做什麼事情，都會有人埋怨你。」知宵忍不住要為韋老師打抱不平。

「總不能以好心為由，隨意干涉我們的生活吧？」包子說，「我是有些受不了。昨天晚上韋老師喝了酒回到客棧，硬是把我們叫醒，說是想要唱歌，讓我們陪她一起唱，她好像完全不用睡覺似的。」

「關心和干涉自由的界限到底在哪裡呢？」知宵問道。

鼠妖三兄弟也不是特別清楚，最後，饅頭說：「如果你覺得那是對你的冒犯，那麼這種關心就干涉了你的自由。說起來簡單，實際上要區分清楚很難。對了，知宵，阿觀應該和你有同樣的想法吧？」

「為什麼這樣說？」知宵問。

這時候，他們走在仙路裡，雖然身邊並沒有其他妖怪，包子還是壓低了聲音，說道：「前天晚上，咕嚕嚕、嘩啦啦和他們的朋友聚會。大家喝了酒閒聊，不知不覺就講到韋老師。許多妖怪對老師都有怨言，認為現在的韋老師太奇怪、太過不自然。咕嚕嚕和嘩啦啦一直是大嘴巴，口無遮攔，於是說起韋老師的壞話。不巧的是，恰好在附近的阿觀全都聽到了，他衝進聚會裡替韋老師打抱不平。咕嚕嚕和嘩啦啦一定是喝多了，糊里糊塗的和阿觀打起來。他們怎麼可能敵得過阿觀呢？才幾招就被打敗了。等到終於清醒過來，他們就灰溜溜的跑了。這兩天我都沒看到他們，說不定因為害怕阿觀而躲起來了吧？一起住了這麼長的時間，我還是無法理解咕嚕嚕和嘩啦啦，明明自己一無所長，為什麼每次都要主動招惹麻煩呢？」

「咕嚕嚕和嘩啦啦受傷了嗎？」知宵問。

「那倒沒有，算他們運氣好。」包子說。

「阿觀不是那麼小心眼，他們倆沒必要藏起來吧！」知宵又說。

「小老闆有所不知，」餃子說道，「聽說，阿觀生氣時很可怕，身上的花紋都會飛出來，全是可怕的武器，就像上次弄傷茶來的眼睛那樣。最糟糕的是，他會吹一些奇怪的曲子，它們會一直盤桓在腦子裡折磨聽眾。從那之後，誰也不敢公開抱怨韋老師半句，萬一被阿觀聽到就慘了。所以說，我很理解咕嚕嚕和嘩啦啦的恐懼。」

知宵也有些不安，又問道：「不知道阿觀會不會還在生氣？我們要不要把咕嚕嚕和嘩啦啦找回來，讓他們向阿觀賠禮道歉？」

「這倒不必。」饅頭拍拍知宵的肩膀安慰他，「八千萬已經將前天晚上的事情告訴韋老師，韋老師數落了阿觀，決定懲罰他。等到你的兩個手下回城後，阿觀可能還會主動向他們道歉呢！阿觀非常喜歡韋老師，應該說是太過喜歡韋老師，這對他和韋老師都不是什麼好事。」

「什麼懲罰？」知宵追問道。

這時候他們走出了仙路，來到沉默大廈的門口。餃子說：「等會兒回到客棧，我們帶你去看看。」

第十五章

一次爭執

沉默大廈位於人類世界的群山中，那裡也是靈氣匯聚之地。這棟大樓商鋪雲集，是妖怪的購物中心。知宵很喜歡在樓裡閒逛，看到琳琅滿目的商品，便滿心歡喜。

他們買好清單上的所有商品後，順便吃了午餐，這才踏上歸程。回到客棧，放下貨物，鼠妖三兄弟便領著知宵來到客棧旁邊的公園。這是城裡最大的公園，河流從中蜿蜒流過，白鷺不時的飛起、落下。不久前，知宵就是在這座公園裡發現了韋老師。

他們從西南門進了公園，很快便來到湖邊。現在是週末，風和日暖的春天，許多人在湖邊的曲折小徑上散步，不過，知宵還是很快就找到了熟悉的人——沈碧波。

沈碧波正滔滔不絕的講著什麼，看起來很著急。一個身著深色衣服的人立在他的面前——個子高挑、縮著脖子，穿著一身袈裟般的長袍。毫無疑問，那就是阿觀。

「阿觀和平常不一樣，沒有用法術把自己藏起來。他不喜歡陽光，也不喜歡開闊的地方，站在那裡一定很難受。」知宵說。

「沒錯，這就是韋老師的懲罰。」餃子笑咪咪的說，「從昨天傍晚開始，他就站在那裡了。」

「這樣的懲罰會不會太嚴重了？」知宵又說。

這時候他們離阿觀很近了，鼠妖三兄弟便沒有回答知宵的疑問。知宵朝沈碧波揮揮手，沈碧波並沒有注意到。他來到沈碧波的身邊，終於看清了阿觀的正臉。和上次來客棧歸還壁畫鳥兒時不一樣，他的臉上沒有花紋，可能是為了不讓人類感覺他很奇怪，他才驅散了臉上的紋樣。

阿觀的皮膚異常蒼白，五官很精緻，無論是誰從他身邊經過，都會盯著他瞧，有些人還忍不住回頭多看了他兩眼。這些目光裡充滿好奇，並沒有惡意，不過阿觀應該不喜歡引人注目，不斷的伸手摸自己的臉龐、耳朵或是脖子，似乎想趕走這些落在他身上的目光。

知宵呆呆望著阿觀的臉，很快便感覺到他很不自在，於是趕緊扭頭看向別處。這時候鼠妖三兄弟已經拋下知宵，坐在不遠處的長椅上。知宵看到他們身邊有一位外表平凡無奇的中年男子，他的面孔很陌生，但是三兄弟嘻嘻哈哈的和他打招呼，知宵明白中年男子也是城裡的哪個妖怪化成的。知宵四下張望，打量著身邊的行人，又發現好幾個熟悉的面孔，他們都是妖怪。他們都懷著同樣的想法嗎？

知宵做不到像他們一樣悠閒的看熱鬧，他注意到阿觀正瑟瑟發抖，彷彿感受到了阿觀心中的不安與恐懼。像自己的心被蜜蜂蜇了一下似的，知宵也有些難受。

「你快回去吧！繼續站在這裡太危險了！」沈碧波急切的說。

「沒關係，前些日子我每天夜裡都會來地上，已經比較習慣，並不覺得有多難受。」

可是，阿觀的話毫無說服力。他的聲音非常虛弱，微微顫抖，像是被撥動的琴弦。

「韋老師沒有權力這樣做！」

「這是我和她之間的事。」

「你要在這裡站多久？」沈碧波又問。

「直到我適應地面世界為止。」

沈碧波瞪著阿觀，既無奈又生氣，然後他轉頭瞭望金月樓，說：「我去找韋老師談談！」說著，拔腿就跑。知宵緊緊跟在沈碧波身後，很快便回到客棧，並在四樓找到了韋老師。

「十九星家的小朋友要來為阿觀說情嗎？」韋老師說，「阿觀好像只是送過你回家一次，你就如此關心他。原來你是一個很容易被打動的善良的人，只有外表看起來很冷漠。十九星一定會以你為傲。」

沈碧波向來不喜歡聽別人當面誇獎他，有些不自在的說道：「韋老師，請您允許阿觀回家吧！他的皮膚越來越白，好像有些站不穩了，情況很危險。」

「別擔心，妖怪沒那麼虛弱。況且，我又沒有把他定在原地，他不情願的話，隨時可以離開。」

「他不可能離開，怕您不高興。」沈碧波又說，「您不覺得您這樣做很狡猾嗎？」

「或許是這樣，我向來就不溫柔也不敦厚的呀！你又不了解阿觀，怎麼就能確定，你現在的想法對阿觀來說是最好的選擇呢？」

韋老師的語氣很平靜，這種鎮靜令知宵覺得陌生，此刻她確實是城裡的妖怪首領，遙遠、高傲的九尾狐仙，而不是一個朋友。

「阿觀天生不喜歡地面世界，習慣生活在黑暗、濕冷的地方，您不是這樣說過嗎？」沈碧波說道。

「我確實這樣講過。天生不是全部的理由，因為以前被生活於地面的人類誤解、詆毀，阿觀才一直耿耿於懷。」

知宵想到茶來講過的話，說道：「人們以為他要囚禁一個小孩子？」

「沒錯。」韋老師說。

「到底是怎麼回事呢？」知宵問道。

沈碧波也一臉好奇的望著韋老師，等待她的解說。

「那時候阿觀誕生沒多久，對世界充滿好奇，但是他還不敢離開古井，只在天黑之後才到井邊遊蕩。某天，一個人類小姑娘，可能比你們倆年紀更小，因為調皮搗蛋被母親責罵，獨自跑到井邊掉眼淚。當時的阿觀有些害怕人類，不過面對小孩子時他沒那麼膽怯。他很憐惜那個小姑娘，主動和她說話，因為天黑了，他還護送小姑娘回家。那個小姑娘和其他見到妖怪的人不一樣，一點兒也不害怕阿觀，之後每天夜裡都偷偷來井邊和阿觀聊天。

「小姑娘家裡很窮，姊妹又多，摩擦、爭吵不斷。願意與妖怪交朋友的她，個性與眾不同，但是與人類相處得不太好，始終無法融入她生活的環境。她向阿觀抱怨過好多次，有一天，阿觀鼓起勇氣提議，讓小姑娘去井底和他一起生活，小姑娘興沖沖的答應了，但是她在阿觀家待了兩天後，因為很想念家人，便回家去了。沒過多久，小姑娘生病死了，她的家人認為，她是在阿觀家沾染了不好的東西才會死去。畢竟，將我們當成病毒是人類的傳統。之後，阿觀一氣之下讓古井坍塌，並且不再嘗試與地面世界來往。」

韋老師的故事講完了，知宵和沈碧波都沒有說話，他們需要一些時間來消化這個故事。過了一會兒，知宵說道：「我能理解阿觀的憤怒，但是沒必要就此讓古井坍塌吧？」

「阿觀很敏感，情緒不太穩定，很容易走極端。」韋老師說。

「小女孩生病的時候，阿觀為什麼不救她呢？」沈碧波問道。

「他不知道。那時候他不敢離井太遠，不敢到小姑娘生活的村子。」韋老師說，「小姑娘很久沒來，他還以為她是討厭自己，還因此消沉了很久。直到他終於鼓起勇氣去了小姑娘家，才知道她已經過世了。後來，阿觀只會偶而在夜深人靜時悄悄來地面世界，不與任何生靈打交道。你們瞧，阿觀本來對地上的一切很感興趣，如果沒有發生這樣一件悲傷的事，可能他很快就能適應。阿觀家的那扇窗戶可以看到地面世界發生的一切，看到他愛的藍天與鳥兒。但那些只是幻影，既然喜歡，為什麼不親自去看看天，不親自去林子裡觀賞鳥兒呢？我一直讓他慢慢來，慢慢適應，不過，這樣實在太慢了，回過神來都過了三百年，還是毫無進展。」

「現在會不會太快了？」知宵說。

「或許只有這樣才有效。」

韋老師來到窗戶前，張望著公園裡的阿觀，很快又轉過身來，對沈碧波說：「阿觀信任我、依賴我，我當然清楚。如果可以利用這一點幫助他，我覺得自己並沒有做錯。你要是不同意，可以用你的辦法讓阿觀回家去。」

沈碧波沒再說什麼，還是和往常一樣有禮貌，向韋老師道別後離開。跟在沈碧波身後的知宵甚至能從他的背影感覺得出來，他並不服氣。

來到金月樓後門的小院子時，沈碧波才停下腳步，轉過頭來看著知宵，說道：「你不覺得韋老師很奇怪嗎？」

「確實不太對勁。」知宵小聲說。

「她現在和我師父以前沉浸於工作的樣子，有什麼區別呢？」沈碧波道。嘲風曾經因為失去心愛的弟子痛苦、自責，於是讓自己不停的工作，結果狀態越來越糟，還影響了龍宮城的其他住民，大家都變得脾氣暴躁。

「還是不太一樣吧！」知宵說。

沈碧波想了想，說道：「那麼，我換一種說法。不是有很多人會因為生活不如意而酗酒嗎？喝醉之後或許能夠忘掉煩惱，但是煩惱還在，問題並沒有解決。韋老師也一樣，她依靠項鍊找回平靜，項鍊就是她的酒精。如果哪天她摘掉項鍊，她是不是又會像之前那樣，整天唉聲嘆氣，不知道該做什麼？難道她要一生戴著項鍊嗎？為什麼大家認可韋老師現在的行為呢？連茶來都什麼也沒說！」

「在準備好面對煩惱之前，我們可以先躲一躲，哪怕像韋老師這樣的大妖怪，也不是無堅不摧的。」知宵說。

「這只是膽小鬼的藉口！她利用了阿觀對她的喜歡，哪怕有再正當的理由，都很卑鄙！」沈碧波激動的說，「不僅是阿觀，我聽說，以前韋老師仗著大家對她的喜歡，做了很多過分的事，因為大家對她都很寬容。大家都喜歡韋老師，她卻完全不喜歡城裡任何一個妖怪！」

「不是這樣的！」知宵也不由得提高了聲音，「大家都不是傻瓜，如果韋老師真的是虛情假意，一定也不能騙過所有妖怪。你說得太過分了！」

「我又不像你，盡會說一些討所有人喜歡的話！」

沈碧波白了知宵一眼，氣衝衝的走出客棧後門。知宵沒有再跟過去，轉身回到客棧裡，獨自坐在沙發上生氣。不一會兒，轟隆隆走過來，要知宵去清掃仲介公司的辦公室。

「昨天我去過那裡，空中飛舞的全是貓毛！我希望送花會那天，客棧的每個角落都是乾乾淨淨的。」轟隆隆一本正經的說。

知宵拍拍胸脯，保證完成任務，然後拿著清潔用具直奔辦公室。

茶來像往常一樣在睡覺，他應該心情不錯，所以趴在天花板上。這樣正好，知宵可以放心打掃。他盡量讓自己的動作輕一些，不影響茶來休息。茶來的眼睛幾乎已經恢復，知宵還是忍不住把他當成傷者，要給他一些照顧。

「茶來，韋老師變成現在這樣，真的好嗎？」知宵輕聲問道，並不期望茶來會回答。

「這幾天大家都這樣憂心忡忡的問我。前些日子他們還在抱怨我對老師太嚴厲，我現在看開了，他們卻糊塗了。」茶來的聲音傳來。

「你已經知道大家對韋老師的抱怨？」

「沒錯。仔細一想，老師並沒做出什麼不可挽回的事情。反正大家都很閒，陪她玩玩也好。我們就把這當成老師的假期吧！最近老師笑得多開心，好久沒看到了。」

「哪怕是假期也不能想做什麼就做什麼吧？特別是對待阿觀的方式。我不太喜歡現在的韋老師。」

「你有你的好惡和選擇，不一定非要喜歡現在的韋老師。其實，我也不太習慣她現在的樣子。對了，阿觀還在公園傻傻站著嗎？」

「對，你怎麼沒去看熱鬧？」

「我看到他的臉就不高興，氣壞了身體不是我自己吃虧嗎？待在這裡一邊睡覺一邊幸災樂禍最好。」

知宵停下手上的動作，抬頭看了看茶來，問道：「茶來，如果你不喜歡這裡，為什麼要同意蝸吻把仲介公司搬來呢？」

「我當然不同意，可是拗不過蝸吻。他一定是和你太奶奶做了什麼交易，章含煙最擅長這一套了。但是蝸吻向我保證過，最多五年就會從這裡搬走，所以我才勉強接受了。」

「五年後真的要搬走嗎？」

「當然。難道我要在你家的破客棧待一輩子，一直守著你們嗎？」說完，茶來突然大聲打呼嚕，知宵知道他是故意的，他不願意繼續講話。

知宵打掃著，越來越沮喪，因為茶來不喜歡這裡，更因為茶來不得不待在這裡。蝸吻當初要將仲介公司搬來，大家都覺得很奇怪，難道真的是太奶奶與蝸吻之間的交易？為了什麼？為了守護客棧嗎？也就是為了保護自己？這樣一想，知宵便覺得，茶來不得不留在這裡也有他的責任。

四十多分鐘後，清掃工作還沒有結束。知宵有些累了，他來到窗戶邊暫時休息，張望著公園，阿觀已經不見了蹤影。他應該回家去了吧？知宵鬆了一口氣。

這時候，白若來到客棧，對知宵說道：「周青要我來找你，說你們要出發了。」

知宵看了看時鐘，這才想起來，去丹丘的時間差不多到了。

第十六章

再往丹丘

這一切都是韋老師的主意。幾天前，韋老師主動找到真真，一定要她說一說自己的經歷與苦惱。聽完之後，韋老師堅決認為，真真應該再去泡一次溫泉，再次與自己的內心對話，聽自己的心說清楚。

真真本來有些猶豫，上次泡溫泉的經歷讓她心有餘悸。不過韋老師口若懸河，經過她激情、澎湃的遊說，真真終於下定決心，按照韋老師的想法去做。知宵、沈碧波以及真真的父母全都放心不下，因此決定與真真一起去。到了約定的時間，一行人浩浩蕩蕩的出發了。

沈碧波還在生韋老師的氣。他向來不擅長掩飾自己的情緒，所以一直板著臉，一句話也不肯說。有些緊張的真真也與平常不太一樣，顯得非常安靜。知宵剛剛和沈碧波鬧得不愉快，自然也不會主動說話，而真真的父母又都是安靜的人。幸好韋老師精力充沛，嘴巴一刻也不願意休息，說個不停。沒過多久，知宵覺得他的耳朵裡塞滿了韋老師的話語，忍不住想：「前幾天那個沒精打采的韋老師還更好一些。」

到達白水鄉後，韋老師開始向大家介紹沿途的花草樹木。她好像已經知道沈碧波沉迷於植物學，所以不時的拋給他一些問題。沈碧波還是面無表情，故意裝作毫無興趣的樣子。韋老師都看在眼裡，但依然情緒高漲，絲毫也看不出生氣的樣子。

「現在的韋老師也挺好的。快樂的情緒會傳染，她高興，我們客棧最近也喜洋洋的。」知宵又想，「但我還是不太喜歡。失去尾巴前的韋老師才是剛剛好的韋老師。」

大家很快的便來到丹丘。真真獨自進了溫泉池，這樣她才能不受打擾，專心致志的與自己的心對話。她的朋友與父母都站在一定距離外守著，萬一她發生什麼意外，他們會第一時間衝上去。

真真需要安靜，韋老師終於不再說話了。知宵鬆了一口氣，認真觀察垂在身邊的樹枝上的葉子。葉脈朝不同的方向延伸，像一隻隻觸角。不知道為什麼，專注於這樣的小事時，知宵的心裡湧起小小的欣喜，就如同清風吹過，湖面泛起漣漪。

站立的時間長了，知宵盤腿坐下來，背靠著樹幹。他偶而看看溫泉那邊，偶而看看地上的樹葉，偶而看看眼前的大樹、小樹。不一會兒知宵便恍神了，他睜著眼睛卻什麼也沒看，張著耳朵卻什麼也沒聽，腦子裡空空蕩蕩的。不知過了多久，韋老師的尾巴突然掃過知宵的臉，他打了個哆嗦，終於回過神來。

「抬頭看看天空。」韋老師說。

知宵從樹縫望向外面的天空，發現雲朵正迅速的遊走，像是遇到了天敵進攻，正忙著逃命。

「白水鄉的夜晚來得比人類世界早，天馬上就要黑了。」韋老師又說。

雲層迅速褪去了色彩，變成灰色、白色和黑色。接著，黑暗彷如滴入水中的墨汁，在天空中散開；光芒隱去，夜晚突然來臨。

這時，紅色的樹隱隱散發出光芒，越來越明亮，像是被包圍在濃稠、厚重的夕陽裡，照得人心裡也是暖和、明亮的，彷彿快要融化。

「啊，真想一直坐在這裡。」知宵忍不住想。

「真真！」

周青的聲音突然響起，打斷了知宵的思緒。他這才想起身邊還有同伴，轉過頭看向溫泉池，發現真真正抱著腦袋，似乎很難受。她的父母衝過去，想要將她拉上來，韋老師擋在他們面前，用不容質疑的口氣說道：「再等等，不然就功虧一簣了！」

韋老師在城裡很有聲望，真真的父母一直很尊敬她，聽了她的話便有些遲疑。可是，真真正在發抖，連水面也跟著晃動，幫忙傳達著她的不安。一瞬間，知宵彷彿感受到了真真的痛苦，忍不住叫出聲來。他繞過韋老師來到水邊，伸出手要將真真拉上來。沈碧波也來幫忙，這時候真真的父母終於回過神，也趕了過來。

「唉，你們人類總是太心軟！這是柳姑娘與她自己的戰鬥，沒有人能幫得了她，相信我！」韋老師的聲音從身後傳來，知宵第一次覺得她有些討厭。

「不對，幾個月前我們就幫了她！」沈碧波狠狠的瞪了韋老師一眼，「受苦的又不是您，您才能講得這樣輕鬆！」

真真的父親將她抱上岸，裹進大衣裡，嘴裡不停叫著她的名字，不停安慰她。他一直垂著腦袋，知宵看到兩滴眼淚掉落下來。

「她好輕，好像沒有重量。」真真的父親說。

「當然。她已經不是人類了啊！輕盈即自在。」韋老師說。

誰也沒有回答韋老師。這時，真真的父親抱起她往白水鄉的出口跑去，周青緊緊跟在他的身邊。他們倆雖然是人類，但都有很強的靈力，走路速度也比普通人快得多，知宵和沈碧波根本趕不上他們。韋老師也跑得很快，她不停的對真真的父母說著什麼，可是距離太遠，知宵聽不清楚。

知宵和沈碧波只得又往回走，一路上誰也沒有說話，他們都有些在意下午的爭吵。不一會兒，韋老師回來了，她擔心兩個小朋友迷路，要陪他們一起回去。

「你們可以在丹丘再待一會兒，欣賞夜景。」韋老師提議。

「韋老師，我們沒心情看風景。」知宵說。

「我明白。你們放心，小姑娘一定沒事的，她才不像大家想像的那樣脆弱，第一次見面時我就看出來了。你們是因為和她相處久了，心裡的擔憂才會壓過對她的信心。」韋老師說，「其實，我想讓她在溫泉裡多待些時間，不過現在這樣也不錯，這是一次改變的契機。」

「現在這樣只有你會高興。」沈碧波的語氣很生硬。

韋老師停下腳步，回頭看了沈碧波一眼，說：「十九星是出了名的溫和、親切，與誰都能友好相處，沒想到她的孩子個性如此彆扭。你好像還是嘲風的弟子吧？千萬要小心，除了壞脾氣，嘲風可能無法教給你任何東西。說起來，你雖然是她的弟子，她好像根本不關心你的修行吧？沈碧波，你對未來有什麼打算？這幾天夜裡，我看你都在天空中飛來飛去，是不是有什麼煩心事，你可以……」

「請您不要再說了！」沈碧波大聲打斷了韋老師的話，「難道我必須要有什麼煩惱，才能每天在空中飛行嗎？我只是想要練習，想要飛得更熟練、更自在！再說，就算我有什麼煩惱，也不需要您來幫我解決。韋老師，您還是專心管好自己的事吧！接下來的路我知道怎麼走，我可以自己回去！」

話一說完，沈碧波便化成姑獲鳥飛走了，留下被甩在後面的韋老師與知宵默默前行。

「哈哈！這才像沈碧波嘛！」韋老師似乎並不生氣，說話的語氣依然異常快活，「我還記得十九星第一次領著他來見我時，他的脾氣可壞了，不肯和我打招呼，一直朝我翻白眼。幾年後再見面，他竟然變得溫和、有禮貌，簡直像是換了一個人。我覺得有些遺憾，克制並非壞事，但是他的年紀還小，沒必要過早削去自己的稜角。這樣看來，他依然保留著小時候的脾氣呀！好事，好事。」

「他真的只是想練習飛行嗎？」知宵說，「以前他只是偶而穿著偽裝成夾克的羽衣，最近，他好像天天穿著羽衣。他會不會真的有什麼煩惱？」

「明天我再好好的問問他。」

「韋老師，還是由我來問吧，我們是朋友。」知宵趕緊這麼說，他不希望韋老師再繼續摻和。

知宵和韋老師走進金月樓的後門時，茶來正端坐在前方等待，眼神異常嚴肅。

「哈哈！好久沒見過你這麼正經的表情。」韋老師來到茶來面前說道，「這不適合你現在的外表，茶來，你還是趕快變回本來的模樣吧！你到底為什麼堅持要變成花貓呢？你遇到了什麼？等一下我們再好好談談。現在我要去找阿觀，他只在公園待了一天就走了，真是太讓我失望了，我還以為他至少能堅持三天！」

「我也有要緊的事必須馬上和您談談，老師，我們去辦公室吧。」茶來說。

韋老師低頭看著茶來的眼睛，過了一會兒才說：「好吧。」

這對師徒離開後，知宵繼續往客棧裡面走，最先遇見的是白若。得知沈碧波已經順利回來，知宵鬆了一口氣。接著，他又問起真真的情況。

「她還在客棧裡，說是暫時不想回家。她的身體好像沒問題，沒有受傷，不痛不癢也不疲憊。現在，她一個人待在天臺，可能想認真思考自己的事情吧。我們客棧是一個適合思考的地方。有時候，必須撇開你所熟悉的一切，與自己獨處，才能看清心靈深處的許多東西。」白若說，「我剛剛悄悄飛上天臺看過，她正坐在椅子上發呆，不知道她會不會覺得冷。」

知宵決定上天臺瞧一瞧，發現真真的父母就坐在門口的臺階上，他們一定是在擔心真真吧。知宵只和他們點頭打了招呼就來到真真身邊。他從口袋裡拿出小海螺，塞進真真手裡，說：「如果你覺得無聊，可以聽一聽裡面的聲音。」

真真接過海螺，並沒有將它放在耳邊，依然呆呆看著前方。知宵生怕打擾到真真，很快的便默默離開了。當他來到四樓，隱約聽到了爭吵的聲音，像是從仲介公司的辦公室那邊傳來的。

難道是韋老師與茶來吵起來了？知宵走近辦公室，看到八千萬和鼠妖三兄弟鬼鬼祟祟的靠著門外的牆壁，一定正在偷聽。知宵正想加入他們，房門突然被撞開，書本、燈、椅子、電話和茶來的零食從屋子裡飛出來，幸好八千萬眼明手快，釋放出蜘蛛絲抓住它們。

接著，韋老師衝出辦公室，經過知宵身邊，奔進樓梯間，消失了蹤影。知宵回頭看看樓梯間，繼續跟著八千萬和鼠妖三兄弟進了仲介公司的辦公室。

辦公室裡一片狼藉，他們從一堆雜物裡翻出茶來，他的臉受了傷，毛上沾染了血跡。

「茶來，你還好吧？」知宵問。

「小傷，沒事。」

「是韋老師抓傷了你嗎？」包子問。

「沒錯。真是的，以前她最討厭暴力了！」

八千萬嘆了一口氣，說道：「昨天我們後援會和韋老師一起在沉默大廈聚會時，因為店小二的態度有點問題，韋老師差點動手砸了那家店。她的情緒不太穩定，很容易就會太過激動。」

「那條項鍊給了韋老師很多不好的影響。」知宵說。

這時候沈碧波也來到辦公室，他說：「茶來，你應該阻止韋老師，讓她摘掉項鍊。」

「剛才我已經向她表明了自己的態度。那條奇怪的項鍊雖然令她精神飽滿，心情愉快，但是現在的她並不是丟了尾巴前的她，以前的她不會這樣自我，她很在意其他妖怪的感受。我甚至沒有提議讓她摘下項鍊，只希望她不要太過依賴項鍊。結果不知道為什麼，她突然發火，還把辦公室毀了。這是老師自己的選擇，與我無關。接下來她應該會去找阿觀，無論發生什麼，就讓阿觀去應付吧！」

沈碧波瞪著茶來，氣呼呼的說道：「算了，我自己去找韋老師！」然後轉身離開。

知宵也跟著走出辦公室，對沈碧波說：「我和你一起去。」

沈碧波回頭看看知宵，鄭重的點點頭。知宵笑了起來，他知道，他和沈碧波已經和好了。這時阿吉來到他們身邊，說道：「我也要去！」

「我也應該去。」八千萬說，「雖然後援會的工作是支持韋老師，我們卻不能盲目支持她的所有行動。如果韋老師變得很奇怪，我們也有責任在旁邊提醒她、幫助她。」八千萬說。

「我開車送你們吧！」柯立說。

「我們三個也去湊湊熱鬧。」包子伸手指了指他的弟弟餃子和饅頭。

「你們都去了，我獨自留在客棧也沒意思，只好一起去了。唉！」白若說。

幸好房客們都會變身術，大家順利的擠進了柯立的汽車裡。沈碧波照例化成姑獲鳥，無聲的穿過夜空。

此時還不到夜裡八點，因為突然下起小雨，汽車停在月湖公園門口時，四周的人並不多。路燈散發著昏黃的光芒，雨絲飛過燈光時，被照得通透、明亮，像一條條發光的細線。

一踏進公園，知宵便感覺到地面正微微的震動，房客們也都提高了警覺。柯立手握一把彩虹大傘，但是這樣的小雨還不需要它；這把傘是柯立的道具，他常常會隨身攜帶一些奇怪的法器，知宵還見他玩過飛鏢。

包子、餃子和饅頭三兄弟輕輕、緩緩的磨了磨牙齒，預備著如果出現緊急情況，可以咬住威脅者的腳踝。停在知宵肩頭的白若扭扭脖子、拍拍翅膀，算是活動筋骨；別看白若只是一隻小鳥兒，知宵被他撞過好多次，那感覺就像是被巨石砸中。

知宵深吸一口氣，寒冷從他的右手食指尖湧起，飛快的向全身蔓延。他的體溫迅速降低，但是他感覺身體裡充滿了力量。

公園並不大，不一會兒大家已來到月湖邊。水面震動得更加厲害，魚兒嚇得從水裡蹦出來。

阿觀的家就在湖底，知宵輕聲問道：「會不會是阿觀家裡發生了什麼事情？」

「很有可能。如果韋老師像剛剛在辦公室裡那樣暴躁，恐怕會忍不住將阿觀的家拆了。」八千萬說。

取道天空的沈碧波早早到了，正在小屋前，大家來到他身邊。沈碧波說：「不管我怎麼敲門，阿觀也不開門。」

柯立上前去使勁砸門，大喊著：「阿觀，我們是來幫你的，快開門！」

發光的鳥兒沒有出現，柯立再次敲門，依然沒有任何回應。

「看來阿觀不需要幫忙，我們回去吧。」茶來的聲音突然從身後傳來，知宵轉過頭，看到他邁著懶洋洋的步子走來。茶來果然還是無法置身事外，知宵鬆了一口氣，笑了起來。

「不行。我們把門砸了，硬闖進去吧！」沈碧波提議。

就在這時，那扇門悄無聲息的打開了。

第十七章

地底危機

茶來帶頭走進通道，大家一個個跟著進門，柯立走在最後，緊緊握著他的彩虹大傘。通道裡的震動更加猛烈，本來正常的臺階也有些扭曲、變形，知宵很擔心再過一會兒它會扭成麻花的形狀。不過，大家總算是安全走完臺階，來到第二扇門面前。

這道門也敞開著，門內小道裡的發光鳥兒不安的在大家腳下跑來跑去，移動的光芒令知宵有些眼花。

「真是一個安逸的小天地！」白若忍不住感嘆道。

「沒錯。叔叔，這對我們鼠妖來說，不就是最理想的家嗎？」包子說。

「現在可不是參觀的時候，認真點。」柯立溫和的提醒道。不過，誰也沒有責怪他們，畢竟他們都是第一次來阿觀家，難免分心。走完小道，大家終於體會到現在的情況有多麼緊急。園子裡那些本來會發光的小草，此刻正瘋狂生長，像是在空中舞動的小蛇，紛紛撲向大家。包子、餃子和饅頭使出牙齒神功將草都咬碎了，肥胖卻靈活的白若在空中左閃右躲，反倒是讓幾片草葉纏在了一起。茶來的爪子更鋒利，劃過半空中，冒出數道寒光，那些草便被斬斷了。

沈碧波在八千萬的掩護下，將一瓶一直隨身攜帶的深綠色噴霧噴到空中。沾上噴霧的草葉立刻服服貼貼，像是鬧夠了的醉漢終於睡著了。只是，這園子裡的發光草實在太多了，要將它們一一制服，需要花些工夫。人手有限，一不小心那些小草便趁機纏住了知宵的腳踝，他慌忙退後兩步，草葉卻像狡猾的小蛇，將他拉進了草叢裡。

真奇怪，知宵感覺自己掉進了池塘裡。他掙扎著要鑽出來，一股強大的力量又將他往下拉，他無力反抗。

「柯立，救救我，柯立！」知宵大聲呼喊，但他感覺自己的聲音也被吞沒了。四周一片漆黑，他並不覺得喘不過氣來，水也沒有灌進他的嘴裡或是鼻子，他這才稍微放下心。

很快的知宵不再下沉，而是跌落到了地上，周圍依然黑漆漆、一片寂靜，發光草與房客們已不知去向。知宵站起身來，看到遠處散發著微弱的光芒，借由這光芒他看清了黑暗中那些事物的輪廓，看到了那些大樹猙獰的影子。

「我跌到草叢下面了嗎？好像是森林。阿觀家真奇妙！」知宵不由得讚歎道。這片樹林陰森森的，很詭異，知宵朝著光芒所在的地方奔跑，同時不斷呼喚房客們的名字。地面震動得很厲害，他跌跌撞撞往前跑，聽到遠處傳來樹枝折斷的聲音，心不由得揪緊了，他感覺阿觀的家正在崩塌。

樹林裡溫暖又濕潤，清越、凜冽的音樂聲在空中流淌。難道是阿觀正在吹奏？知宵想要循著聲音找到阿觀，可是音樂聲像是從四面八方傳來，他無法判斷確定的方向。

這時，知宵又聽到了韋老師的嚷嚷聲。他立刻確定了聲音的來源，掉轉方向奔跑。不一會兒，他看到了韋老師的身影——她的身上纏繞著隱隱發光的細線，動彈不得。

「韋老師，您怎麼了？」知宵說著，正要上前，突然被誰一把抓住。他轉過頭便看到了柯立的臉。

「太好了，你平安無事！」柯立說，「現在很危險，你和波波要一直待在我身邊，明白嗎？」

知宵點點頭。柯立撐開他的彩虹大傘，讓知宵和沈碧波與他在傘下同行。房客們陸陸續續都過來了，知宵的目光再次轉向韋老師那邊，看到茶來正低頭查看纏繞在韋老師身上的細線。這時，韋老師掙斷了細線，從地上一躍而起。她使勁晃動她的八條尾巴，呼呼的怪風在林中猖獗前行，搖動樹枝，發出巨響。

簫聲變得更陡、更急，彷彿伸出了數不清的觸手，令知宵渾身發癢。不僅是知宵，韋老師也不確定簫聲來自何處，她在四周不停的打轉，氣急敗壞，嘴裡嚷嚷道：「膽小鬼，只知道躲在背後暗算別人！這幾百年來我真是受夠你了！我要把你家砸光，看你出不出來！」

簫聲不停，阿觀沒有回應。突然，韋老師轉過頭，朝大家猛衝過來。房客們紛紛退往旁邊，知宵被柯立拉了一把，感覺自己的胳膊快要脫臼了。茶來沒有避開，故意跳到韋老師面前，擋住了她的去路。

「讓開，我要把阿觀揪出來！」韋老師說。

「我去找阿觀吧！老師，請您冷靜一點。」茶來說。

「你要我怎樣冷靜？阿觀搶走了我的項鍊！現在我，現在我……」

韋老師哽住了，不知道該說什麼才好，於是又耍小性子似的搖晃尾巴，掀起更猛烈的風。要不是柯立拿傘擋在前面，知宵和沈碧波一定會被吹走。她的尾巴不小心碰到了大樹，大樹就像一棵小草似的，一下子便折斷了。趁大家慌亂之時，韋老師從茶來身邊逃開，很快就不見了蹤影。

「她好像已經知道阿觀在哪兒了。」柯立說。

「照韋老師現在的樣子，阿觀恐怕凶多吉少。」八千萬憂心忡忡的說。

簫聲戛然而止，黑暗中傳來一聲呻吟。茶來跑在最前面，知宵也緊緊跟著，他們很快便看到了韋老師，她用爪子將阿觀摁在了地上。

茶來撲過去，撞開韋老師的爪子，阿觀趁機倉皇逃走，很快又不見了。韋老師怒火中燒，準備拿茶來出氣，房客們趕緊上前，幫助茶來控制發狂的韋老師。柯立按住知宵和沈碧波，將大傘交給知宵，說道：「你們倆到遠一點的地方等著，好嗎？」

知宵抓著沈碧波的手，跑到遠處的一棵大樹後，心驚膽戰的觀望。過了一會兒，沈碧波說：「我們去找阿觀吧！請他把項鍊還給韋老師。」

知宵點頭同意，和沈碧波一起奔向阿觀消失的方向。沒走多遠，他們又聽到了簫聲，依然從四面八方湧來，讓人無法確定方位。知宵自詡聽覺靈敏，仔細聽了聽，確定簫聲是從身後傳來的，便匆匆忙忙與沈碧波跑過去。不一會兒，音樂聲在相反的方向響起，他們只好掉頭。簫聲好像在和人捉迷藏，他們倆像無頭蒼蠅一樣在林中亂跑。沈碧波很快就失去了耐心，說道：「你不知道的話就別亂帶路，行嗎？」

「那你知道嗎？」知宵問。

沈碧波皺著眉頭，捕捉聲音的來源，很快便信心滿滿的指著左前方，說：「在那邊！」

不到一分鐘，他們的眼前出現一道圍牆，牆上有一扇綠色的小門，門邊掛了一盞鳥兒形狀的燈。

「我也聽出來了，簫聲在門裡！」知宵說。

沈碧波點點頭，伸手輕輕一推，那扇門無聲無息打開了。他看了看知宵，率先跨進門裡。門裡是一道走廊，兩側的牆上掛了許多圖畫，畫裡是各式各樣的天空。這裡光線還算明亮，知宵從一幅幅天空旁邊經過，霎時感覺自己正行走在真正的藍天之下。

拐了一個彎後，知宵看到了走廊的盡頭，走廊之外就是長著發光草的園子。這時候，簫聲突然遠去，又一次逃開了，知宵和沈碧波只好停下腳步。

「簫聲又去了哪裡呢？」知宵嘆了一口氣。

沈碧波不言不語，閉上眼睛捕捉音樂聲。這時候，一團花花綠綠的東西迎面而來，知宵趕緊躲開。再仔細一看，發現那是一隻鳥兒的圖案，說不定是從園子的牆壁上飛來的。它可能因為地底的騷亂而不安吧？知宵伸手想要抓住鳥兒，於是輕聲說道：「快到我這兒來，不要害怕。」

知宵抓了一個空，而阿觀卻突然出現在他的面前，讓他嚇了一跳。

阿觀依然專注的吹奏曲子，沒有多餘的精力隱藏自己，這時候他的身影清晰可見。鳥兒的圖案飛向阿觀，鑽進他的手背，與其他花紋重疊在一起。知宵這才發現，阿觀皮膚上的花紋比以往更加密集、雜亂，說不定牆上的圖案都躲在他的身上了。

「阿觀，請你把項鍊還給韋老師吧！」知宵大聲說道。

阿觀沒有回答，轉身離去。知宵和沈碧波緊追不捨，不過很快就被甩掉了。

沈碧波氣得咬牙切齒，知宵安慰他說：「阿觀吹奏的曲子不是帶有魔力嗎？說不定它能讓韋老師平靜下來。」

「希望如此。」

兩個人突然不知道自己還能做什麼，於是決定回到樹林裡。這時知宵聽到了喵喵的叫聲，應該來自茶來，而且就在屋子裡。他們想要找過去，但是很快迷失了方向，來到一條飛舞著發光泡泡的過道。

突然，地面劇烈晃動，像是阿觀的家打了一個大噴嚏。知宵失去平衡，撞到牆上，他手中的彩虹大傘也飛了出去。好幾個泡泡從半空中跌落，它們並沒有碎，只是不再發出聲響與光芒。

知宵聽到了牆壁裂開的聲音，他抬起頭，看到天花板上的裂縫像是一道刺目的傷口，又像是某種可怕的病毒，它正迅速擴展，變寬、變長。知宵撿起大傘，又一次聽到了喵喵的叫聲，他對沈碧波說：「茶來就在這邊！」

他們小心的避開那些掉落的泡泡往前走，不一會兒便看到了房客們。大家站在門外，響聲與震動都是從門裡傳來的。知宵想走近看清楚，卻被八千萬一把拉住了。

「韋老師和茶來打得不可開交，太危險，別去。」八千萬說。

「你們也不去幫幫忙嗎？」沈碧波嚷嚷道，「你們也是妖怪，沒那麼容易受傷吧？」

「茶來說了，這是他與韋老師之間的鬥爭，不想讓我們插手。」八千萬說。

「才不是！他們師徒要決鬥明明可以選其他地方，不是這裡！」沈碧波又說。

「沒錯，再這樣下去，阿觀家會崩塌的。」阿吉說，「這麼好的地方，毀了太可惜，我們還是幫忙制服韋老師吧！」

知宵鄭重的將彩虹大傘遞給柯立，柯立點點頭，舉起大傘，說：「大家都躲到傘下來！」

大家趕緊照做。就在他們剛要進屋時，一隻黑貓突然從門裡飛出來，重重跌落在地上，一動也不動，好像失去了知覺。

「茶來？」知宵忍不住上前問道。

黑貓猛然睜開眼睛，從地上跳起來。他甩了甩腦袋，化成一隻黑色鳥兒飛了起來。緊接著，韋老師衝出房門，她那晃動的尾巴碰到柯立的傘，大傘飛進了房間裡。柯立衝進房間追趕他的傘，八千萬伸出手臂胡亂將知宵和沈碧波推到他的身後躲藏。

韋老師的注意力全在黑色鳥兒身上，雙眼裡燃燒著熊熊火焰，她要將鳥兒燒成灰燼。鳥兒飛走了，韋老師也跟著離去。沒走幾步，她突然倒在地上，但是很快又立起身子，繼續追趕鳥兒。

「大家快來看看！」柯立的聲音從房間裡傳來。

知宵剛跨進門裡，就被眼前的景象驚得呆住了。這個房間的四面都是抽屜，很像中藥鋪裡的櫃子那樣整整齊齊排列，不過上面沒有貼標籤，恐怕只有阿觀知道裡面裝了些什麼。有的抽屜被撞壞了，有的抽屜從牆上掉落下來，抽屜裡的東西滾落在地上，花花綠綠的。

「這應該是阿觀的儲藏室吧？」包子說。

牆壁的裂縫如同病毒一般，繼續在這個地底世界蔓延，這個儲藏室也一樣，四壁的櫃子也跟著震動，正在扭曲、變形。

「我們好像是在窺探阿觀的祕密，這樣簡直是趁火打劫，太失禮了，還是快出去吧。」柯立說。

大家都贊同柯立的話，很快便來到屋外，知宵還將那扇快要脫落的門關上。他們決定繼續尋找韋老師與茶來，平息他們之間的爭端。不過阿觀的家精巧、複雜，他們又迷路了；好不容易才走出屋子，來到樹林裡。

這時候，知宵的腦海突然迴響起韋老師的聲音：「朋友們，再見。」那聲音裡透出無奈與哀愁，有如尖刺一般，毫不留情的扎在知宵心上。他不由得停下了腳步，摀住胸口。

「你們聽到了嗎？」八千萬說。

「是韋老師的聲音。」柯立說。

「我也聽到了。」沈碧波說。

「韋老師很擅長聲音的法術，她應該是故意讓我們聽到的。」悲傷爬上了八千萬那張長長的臉，「這是在告別嗎？」

大家匆匆忙忙往前，很快便來到韋老師的身邊。她靜靜趴在地上，茶來正在她的耳邊大聲呼喊。知宵覺得腦子裡「轟」的一聲，然後，所有聲音都消失了。

第十八章

音樂的碎片

知宵呆呆的蹲在韋老師身邊，一個字也說不出來。柯立的聲音響起，卻像是從千里、萬里之外傳來的：「韋老師到底怎麼了？難道——」

「不是，韋老師還活著！」八千萬興奮的嚷嚷道。

知宵的大腦重新開始工作，再度與身邊的環境融為一體。他長舒了一口氣，一屁股坐在地上。

「阿觀，你到底在吹奏什麼曲子，你想把老師怎麼樣？」茶來衝著黑暗的樹林大喊。他的聲音並不算響亮，但是穿透力很強，傳播得很遠。渾厚的簫聲不休不止，迴盪在林中，阿觀沒有回應。

「別愣著，我們去把阿觀找出來！」八千萬說。

茶來率先躍入黑暗的林子裡，房客們也四散離開，只留下知宵和沈碧波照顧韋老師。不一會兒，沈碧波也化成鳥兒飛走了，結果剩下知宵一個人。

淡淡的光點飛進韋老師的腦袋裡，知宵伸出手卻抓了個空，他想要趕走它們卻徒勞無功。這些光點似乎沒有實體。

「它們可能是由阿觀的曲子化成的。難道是因為它們鑽進韋老師的腦子裡，韋老師才會昏迷不醒？」知宵自言自語。「不能在原地乾巴巴的等候，我這樣根本幫不了韋老師，只會越來越著急。」知宵站起身來，緊閉雙眼，想要找出音樂聲來自何方。

不久前在客棧上過一場變身課，它依然在發揮作用。知宵的注意力比往常更加集中，很快的，他感受到一種奇怪的平靜。在他的心靈深處，彷彿有另一個更加勇敢、聰明、冷靜的他，正撥開重重迷霧，搜尋聲音的來源。

「相信你自己，沒問題。」那一個他小聲的說。

慢慢的，一切變得清晰，變得有跡可循。阿觀那迷惑人的法術，對知宵已經起不了作用，他找到了聲音的來處！知宵轉過身，朝右一直前行，不久便看到了阿觀。他立在一棵枝幹扭曲的大樹下，專注的演奏著曲子。

阿觀也注意到知宵，抬眼看了看他，轉身離開，知宵拚命奔跑追趕，突然，茶來從旁邊跳出來，就像一個快速在地上彈跳的皮球，很快的撲到阿觀臉上。一片昏暗之中，知宵看不清到底發生了什麼，只知道阿觀與茶來鬥成一團。這時，忽然有什麼東西飛過來，落在知宵的腳背上，嚇得他打了個冷戰。

那是阿觀的長簫。知宵伸手將它拾起來，簫孔裡馬上湧出一大群小蟲子，貼著知宵的皮膚飛過。知宵感覺渾身的汗毛都豎了起來，真想逃得遠遠的，但是他並沒有鬆開握著長簫的右手。

小蟲子不停的叮咬知宵裸露的皮膚，甚至鑽進他的脖子裡，令他全身發癢。它們並不真的是蟲子，更像是飛舞的紙屑，還不斷發出細小的聲音，音調高低不一，彷佛音樂的碎片。

長簫就是阿觀的武器，必須把它拿得遠遠的。知宵一邊驅趕碎片，一邊往相反的方向奔跑。那些碎片不斷的朝他臉上撲騰，影響了他的視線，於是知宵伸手將它們一一凍住。碎片無力的飄落在地上，知宵不小心踩到它們時，還會聽到輕脆的響聲，就像踩碎乾枯的樹葉。

「把它還給我！」阿觀的聲音從身後追趕上來，令知宵背脊發涼。他將所有的力量集中在雙腿上，拚盡全力奔跑。可是碎片源源不絕的從長簫裡湧出來，根本無法將它們一一凍住，知宵很快的就看不清前路了。他沒頭沒腦的在林子裡亂跑，被雜草絆了一跤，身體失去平衡，一頭撞在樹上，但是他顧不得疼痛，繼續往前跑。

不一會兒，知宵跑進一扇敞開的小門，來到屋子裡。他在屋裡橫衝直撞，竟然又來到了另一扇門前。知宵打開門，慌慌張張跑出去，來到長有發光草的園子裡。

接下來要往哪兒跑呢？阿觀家就像迷宮，知宵想要趕快離開這兒回到地上。在地面世界，阿觀沒有優勢。只是，園子四周有十幾道綠色的小門，看上去幾乎一模一樣，到底哪一扇門才是出口呢？

阿觀並沒有追上來，或許是被茶來牽制住了。知宵深吸了幾口氣，讓自己冷靜下來後，憑著直覺走進其中一扇門。

門裡並沒有發光的小道，他趕緊退出來，進入旁邊的門裡。他決定一個個的打開所有門試一試，還好運氣不錯，當他走進第四扇門時，終於來到發光的小道上。走到盡頭後，他看到了盤繞而上的臺階。

「太好了！」知宵忍不住叫出聲。

每當體溫降低後，知宵的力量就會變強，體力會更充沛，所以，走完長長的臺階，他並沒有累得氣喘吁吁。音樂的碎片依然不斷從簫孔裡鑽出來，它們可能是以往阿觀吹奏過的曲子留下的痕跡。阿觀活了幾百年，吹了數不清的曲子，那麼，碎片也會沒完沒了的出現吧！

「我真笨，為什麼不把所有的簫孔堵起來呢？」說著，知宵的腳步依然沒有停下來。等到走出月湖公園的側門，整支長簫都結了冰。

音樂碎片被困在長簫中，再也無法出來搗亂。這樣一來，知宵便可專心奔跑。他決定回客棧去，真真的父母和轟隆隆都在那裡，可以找他們幫忙。

雨停了，夜已深，馬路上並沒有很多車輛與行人。地面世界依然一片平靜，誰也不知道地底下正在經歷一場混亂。阿觀依然沒有追過來，這是否意味著茶來制服他了？韋老師醒過來了嗎？

突然，有什麼東西抓住了知宵的腳踝，讓他摔了個狗吃屎。知宵轉過頭，發現攻擊自己的是一隻金色的鳥兒——好像是阿觀家大門上的鳥兒。知宵雙腳亂蹬，想要掙脫鳥兒的利爪，這時，天空中又有許多鳥兒朝他飛來，五彩斑斕，來勢洶洶。

「它們該不會是阿觀家牆上的那些鳥兒吧？」想到這裡，知宵從地上爬起來，伸出左手抓住金色鳥兒的腿，想將它凍住。

鳥兒的行動變得遲緩了一些，但是依然不肯放開知宵，或許因為它並沒有生命，不會被凍僵。這時候，一隻綠色的鳥兒率先到達，用嘴巴咬住了長簫，要將它奪走。知宵只得放開金色的鳥兒，用兩隻手緊緊握著長簫，試圖製造更多的冰。

天空中的鳥兒陸陸續續到達，將知宵團團圍住。知宵蜷縮著身體，死死護著長簫，心裡暗暗叫苦。

「知宵，你沒事吧？」沈碧波那熟悉又親切的聲音突然響起，知宵抬起頭，發現姑獲鳥形態的沈碧波，不知何時已經擠到他的面前。

「給你！」知宵鬆開右手，將長簫遞給沈碧波。沈碧波用爪子抓住長簫，衝上高遠的天空。那些鳥兒立刻拋開知宵，轉而追趕沈碧波。

知宵這才從地上爬起來，大口、大口喘氣，雙眼一直觀察著天空中的情況。那些由圖案化成的鳥兒都是半透明的，看似一碰就會消失，可是它們的力量不容小覷，數量又多，沈碧波左衝右突也難以擺脫它們。

知宵不想被拋下，跟隨著鳥兒在地面奔跑。這樣一來，如果沈碧波抵擋不住，他就能幫上忙。可是人類的雙腿怎麼比得過鳥兒的翅膀？知宵很快的就跟丟了。

天空一如往常的灰濛濛，看不到星星。知宵的目光在四野搜尋，發現自己此刻離金月樓不遠，他決定回客棧，到天臺上去看個清楚。正要跨進後院時，知宵聽到天空中的聲響，抬起頭便看到了沈碧波，他正朝客棧這邊飛來，圖案鳥兒依然窮追不捨。

「沈碧波——」知宵拖長聲音叫喊。

沈碧波逕自飛向金月樓的屋頂。知宵後退兩步，又看到了真真的身影。她的半個身子都探出欄杆外，朝沈碧波伸出一隻手。知宵擔心她從樓上掉下來，扯開嗓子叫著：「真真，小心！」

沈碧波突然轉彎飛向旁邊，看來他是不想把危險引到真真那兒。真真俐落的爬上欄杆，縱身一躍，撲向沈碧波，準確無誤的一把抓住長籲，接著便從樓頂墜落下來。

知宵忍不住哇哇大叫起來，腦子裡則是一片空白。

「停下來，停下來，停下來……」知宵嘴裡不停念著。到底要讓什麼停下來呢？他也不清楚。

知宵跌跌撞撞的走進後院，看到真真穩穩當當的站在花叢裡，完好無損。他再一次愣住了，呆呆望著真真。

真真滿臉笑容，舉起手中的長籲，說道：「我拿到它了！可是我沒有變成鳥兒，真奇怪！」

「你到底在想什麼？別嚇人，好嗎？」沈碧波停在院牆上抱怨道。

「我以為自己會長出翅膀，變成鳥兒飛起來，結果沒有變呀！」真真說。

圖案鳥兒飛進院子裡，準備圍攻真真。真真拋下還在驚愣中的知宵和沈碧波，準備跑出後院。真真向來跑得很快，今天的她尤其敏捷、輕盈，彷彿是乘著風前行。沈碧波又飛走了，知宵使勁拍著臉頰讓自己緩過來，等他跑到院門外，真真已經不知去向，沈碧波也飛到公園的樹林那邊了。

真真的父母也出來了，她的母親周青急切的問：「真真呢？」知宵搖搖頭，跟隨真真的父母一起去尋找真真。音樂的碎片與圖畫鳥兒在知宵身上留下了傷口，這時候他才感覺到火辣辣的疼。不過，在他的心裡，欣喜占據了上風，他相信真真已經好起來了！

十幾分鐘後，沈碧波又飛回來了。

「真真在月湖公園，不只是她，大家都在公園裡。」說完，沈碧波又飛到天空中。

「大家」指的是誰呢？這個疑問閃過知宵的腦子。他並沒有心情去深究，到了不就知道了嗎？

月湖公園裡果然熱鬧非凡，全城的妖怪恐怕都聚集在此處了，這不禁讓知宵想到了韋老師歸來那天客棧裡的情景，而大家的表情也和那天一樣凝重。為什麼呢？難道因為韋老師沒有醒過來？

這時候，真真歡歡喜喜的跑過來，撲進了媽媽的懷裡，並且語氣激動的說：「媽媽，我沒事了！我暫時應該不會變成其他樣子。我現在好像變得很輕盈，從樓上跳下來都沒事，而且跑得更快了。現在，我再也不擔心、不害怕了！我愛你們！真希望明天趕快到來，我有好多、好多事情要做！」

真真像隻靈活的小貓似的鑽出母親的懷抱，又擁抱了她的父親，然後是知宵和已經化成人形的沈碧波。

「那些追趕你的鳥兒呢？」知宵問真真。

「它們突然拋下我，飛回阿觀家了。應該是阿觀召喚了它們吧？」

房客們都圍了過來，大家看起來都有些狼狽，他們嘴裡詢問著知宵是否傷得嚴重，還一邊檢查他身上的傷口。

「我沒事，一滴血也沒流，就像被草葉子劃傷了一樣，別擔心。」知宵說，「大家怎麼都來了？」

「韋老師那句道別的話好像傳得很遠，全城的妖怪都聽到了。大家都很擔心，所以要來弄個明白。他們都想去阿觀家，不過被八千萬攔住了。」柯立說。

「我原本以為阿觀擁有很大的本事，沒想到，無法吹奏曲子後，他一下子就被茶來的爪子打敗了。」白若說，「從他手裡把韋老師救出來，高興是高興，不過我完全沒有成就感！」

「韋老師在哪兒？」知宵又問。

房客們領著知宵、真真和沈碧波來到小屋裡。韋老師就睡在角落，八千萬守在她的身邊。

「阿觀到底想怎樣？難道要讓韋老師一直昏睡不醒？」沈碧波說。

「不知道，」八千萬皺著眉頭說，「茶來還在阿觀家，他說會解決這件事情，讓我們耐心等待。不過，茶來與阿觀本來就是長年的冤家、死對頭，我實在很擔心哪！」

真真拉過知宵和沈碧波，說道：「一起去阿觀家吧！我們拿到了長簫，可以當談判的籌碼。」

「沒錯。阿觀不是見到小孩子會比較容易心軟嗎？」知宵一本正經的說，「我們這次要放下羞澀，努力撒嬌、裝可憐。」

真真鄭重的點點頭，連沈碧波也不太情願的表示贊同。於是，三個人再次結伴前往阿觀家。懸在旁邊的路燈依然光芒微弱，將他們的影子拉得很長、很長，彷彿想讓影子顯得高大又魁梧，可以在關鍵時刻跳出來保護自己的主人。不過，他們三人終於又能一起行動，有真真和沈碧波在身邊，知宵沒什麼好害怕的。

沒有韋老師搗亂，阿觀的家不再震動，小道上的鳥兒都安靜下來。他們來到園子裡，剛剛那些攻擊過知宵的鳥兒都重新回到了牆上，一動也不動，不過色彩似乎黯淡了一些。那些發光的草也不再像醉漢般在空中舞動，東倒西歪，但是草叢裡落滿雜亂的物品。

看到阿觀家裡一片狼藉，知宵有些心痛，他突然發現，原來美好、精緻的東西都是脆弱的，像天空中的雲彩一樣，風一吹就散了，必須好好守護它們才行。

「茶來，你在哪裡？」真真大喊。

「我在這兒！」茶來很快便回應了。

知宵立刻確定了聲音傳來的方向，領著沈碧波和真真走進門裡，來到茶來身邊。

茶來在那間牆上布滿櫃子的屋子裡，此刻他是一隻黑貓。知宵望著茶來的背影，覺得異常陌生。不過當茶來扭頭看著他們時，那眼神還是知宵熟悉的，他終於放下心來。

「茶來，這就是你本來的樣子嗎？」真真問。

「沒錯。」茶來漫不經心的回答。這時候，他的耳朵動了動，那些斑斕的色彩便慢慢湧出來，覆蓋住黑色的皮毛，不到一分鐘，茶來又和往常一樣花花綠綠了。

「我覺得黑貓比較好看。」知宵說，「茶來，高貴的堅持到底是什麼？能不能別再堅持了？」

茶來瞪了知宵一眼，說：「當然不行！還有，你們跑來幹什麼？」

真真伸出握著長簫的左手，說：「這是我們的籌碼。用它來交換韋老師清醒過來，你看怎麼樣？」

「清暉不是籌碼！」阿觀的聲音突然響起，嚇了知宵一跳。他循著聲音望過去，看到茶來前方的角落，有一團比往常更加模糊的影子。看來，阿觀將自己藏得更加嚴實了。

「你終於願意開口了。」茶來平靜的說，「你這樣看重她，我本以為你會比誰都尊重老師，沒想到你會奪走她的項鍊。」

阿觀先是沉默著，過了半晌才開口道：「一開始我並沒有這樣的打算。戴上項鍊後，清暉與平常不太一樣，但是她很高興，這樣也沒什麼不好。她讓我站在公園裡，我就算難受到想逃跑，卻沒有埋怨她，只是很傷心。後來，她又把我的家和生活貶得一無是處，以前她雖然不喜歡長久待在這裡，但是從來不會說出如此惡毒的話。所以，我一氣之下拿走了她的項鍊。」

「原來如此。」茶來的語氣依然很溫和，「今天老師的情緒很激動，確實可能說出這種話來。我能理解你的行為。」

「我以為，清暉沒有了項鍊就會變得和前些日子一樣，沒想到她勃然大怒還攻擊我。我不願意和她發生肢體衝突，所以才吹奏曲子，希望她冷靜下來。但是，我拚盡全力也無法安撫她，我能感受到她心裡的掙扎，以及隱藏在憤怒之後的痛苦，所以才會讓她昏睡過去。她現在在平靜的夢中，終於能夠好好休息了。」

「韋老師會睡多久？」真真問。

「盡量久一點，地面世界帶給她的傷害太嚴重了。你們可以把她送來這裡，我會好好照顧她。」阿觀說。

「這也是老師的想法嗎？」茶來問。

「這對她來說是最好的。」

「呵呵！最好是。」茶來冷笑一聲，「沒錯，地面世界傷害了她。出門就有可能遇到意外，一直沉睡著，什麼也不想，什麼也不做，就不會受到傷害。你選擇住在地底，難道僅僅是為了保護自己免受傷害？」

「不對。我很喜歡自己的家。」

「我明白。」茶來的語氣又恢復了平靜，「其實，我雖然生活在地上，平常也是不太喜歡出門，總是獨自待著，所以多少能夠理解你的生活方式。不過，你對地上的一切也很感興趣，不是嗎？不適應並不代表討厭。你會全心全意的信任老師、接納老師，理由之一可能是，她想要幫助你了解並適應地面世界。這是老師的另一種天賦，在最合適的時候給予朋友最合適的關懷與幫助。在老師的影響下，你確實改變了很多。我說得對嗎？」

「沒錯。」阿觀的語氣也變得溫和了。

「她讓你一直站在空曠的地方，想讓你快速適應，這種做法是不對的。處於正常狀態的老師，不會做出這種不考慮別的妖怪感受的事情。現在，你不是也做了跟老師一樣的事情嗎？你有問過老師的想法嗎？等到她醒過來，你要怎麼面對她？你問問自己，你的心裡沒有半點不安嗎？請你讓老師醒過來吧！我們可以和老師認真的談一談未來到底要怎樣，繼續隱居？大睡一場？修行變身術？還是戴上項鍊繼續快樂的生活？應該由她來做出選擇。」

「選擇權當然在韋老師，但是，如果韋老師選擇依賴項鍊，我應該會討厭她。」真真一本正經的說。

「我也不喜歡。」知宵說，「我還是希望她能夠恢復變身能力。」

「我也一樣，我寧願她一直睡覺。」沈碧波說。

「英雄所見略同。」茶來說，「這幾天的老師讓我難以忍受，她的一舉一動都讓我反感，我必須親口告訴她！阿觀，你應該也一樣吧？」

知宵、真真和沈碧波都目不轉睛望著阿觀那模糊的身影，阿觀沒有說話。房間再度被沉默占領，知宵的耳朵敏銳的捕捉到窸窸窣窣的響聲，似乎來自牆上的某一個抽屜裡。知宵不由得恍神了，心想：「那盒子裡會裝著什麼呢？」這時，阿觀開口說話了，知宵的思緒也被拉了回來。

「我會喚醒她。」阿觀說。

第十九章

結局

韋老師醒來時，所有的妖怪都歡呼不已。幸好此時月湖公園已經被法術包圍，人類看不到這裡的光亮，也聽不到這兒的聲響。

韋老師茫然的望著大家，過了好一會兒才回過神來。她長長嘆了一口氣，說：「好累，渾身酸痛！茶來，我身上的傷都是被你揍出來的，對吧？」

「我也是不得已的呀，老師。您現在還有沒有想四處搞破壞的衝動？如果有，我非常樂意繼續幫忙阻止您。」茶來的鬍鬚狡黠的動來動去。

「我不想怪你。謝謝你，剛才我真的是被憤怒沖昏了頭，太可怕了。對了，阿觀的家還在嗎？」

「修修補補後還能繼續居住，當然，得由您來修補。不過，」茶來頓了頓，說，「我可以幫忙。上次我把他家毀了的時候，就是您來維修的，您幫過我。」

「奇怪？我才睡了一覺，你好像就不討厭阿觀了？」韋老師說。

「當初我會同意螭吻將仲介公司搬來城裡，或許就是希望與阿觀和解吧。之前一直沒有合適的機會，現在，時機剛好，我突然不想繼續討厭他了。」茶來老老實實、正正經經的回答。

「太好了。」韋老師的尾巴高興的晃來晃去。

「您的項鍊也拿回來了，現在還要嗎？」茶來故意用漫不經心的語氣說。

知宵不由得屏住呼吸，睜大眼睛望著韋老師。圍繞在旁邊的妖怪也都留心起來，想知道韋老師的答覆。

「已經夠了，就由你收著吧！」韋老師放下尾巴，重新趴在地上，「高興一段時間後，失落也變得特別難熬，像是心裡有一個黑洞，就要把我吞沒了。」

「或許為了得到超乎想像的高興與滿足，就必須承受更多的沮喪與絕望，很多道具都是有代價的。」

「我忘了向你道謝，茶來。」韋老師又說，「剛丟掉尾巴時，我一直迷迷糊糊的四處遊蕩，彷彿去過很多地方，彷彿做過什麼，但是什麼也想不起來了。那段日子就像一場大夢，直到我聽見了你的聲音，茶來，聽到你在呼喚我，我突然清醒過來，所以才會回到白水鄉的家。」

「我確實叫過您。我聽說您受傷的事，想要找到您，卻不知道該從何處找起。於是我讓自己的聲音飛向各個角落，想著萬一您聽到了……這法術還是您教給我的。」茶來說。

「謝謝你叫醒了我，茶來。」韋老師將目光轉向知宵，「知宵，再次謝謝你寄了那封信給我，讓我決定回到城裡來。未來要怎麼辦才好呢？我正在猶豫、憂愁時，想到了你們，感覺你們能幫我找到答案。這段時間發生了許多亂糟糟的事，我反而突然看清了自己的心。我想要找回變身的能力，有了它，我才能鼓起勇氣活下去。知宵、真真、波波，你們覺得我還有機會嗎？」

「當然！」真真說。

「絕對沒問題！」沈碧波說。

「如果這是您的願望，當然會實現！」知宵說。

「我願意相信小朋友的真心誠意。茶來，你願意繼續幫我嗎？」

「一直、一直，我都非常樂意，老師。」茶來的聲音像軟軟、甜甜的棉花糖。

韋老師的尾巴在空中晃來晃去，就像正跳著歡樂的舞蹈。她立起身子，看看在場的朋友，提高聲音說：「我決定了，接下來的日子我會暫時離開城裡，專心在白水鄉修行。希望我能完全變成另外一副模樣，到時再與大家相見！」

「我們會一直等著！」作為後援會會長，八千萬代表大家說出了心聲。

這時候，韋老師張大嘴巴，打了一個長長的哈欠。結果，意想不到的事情發生了，她的身體迅速縮小了。等到她打完哈欠、再次閉上嘴巴，大家都瞪大眼睛望著她。

「怎麼了？」韋老師問。

「您變成一隻貓了，韋老師！」真真說，「但是尾巴的數量沒有變少。」

「真的嗎？」韋老師低頭望著自己的爪子。

「老師，您不會是突然恢復變身能力了吧？」茶來的聲音裡有掩飾不住的興奮。

「我不知道。這也太快了吧？我才剛下定決心呢！」

「太好了！」八千萬忍不住大叫起來。

「那麼，我們的送花會也是慶祝大會，祝賀我們熟悉的韋老師歸來！」包子說。

月湖公園被歡笑聲填滿，韋老師站起身來，說：「大家快回去吧！我現在得去阿觀家一趟，先向他道個歉。」

「韋老師，您能不能邀請阿觀來客棧參加送花會呢？」知宵說。

「好啊！」韋老師的身影消失在大家的視野之外。

就在大家還沉浸在興奮與快樂中，要麼歡快的聊天，要麼開始手舞足蹈時，韋老師很快的又回來了，因為阿觀不願意見她。

「我很擔心他又會將自己封閉起來。」韋老師說，「剛與阿觀相識的時候，我硬是拉著他來到地面世界，不停的走啊走，走了整整一夜。我還對他說過，請他信任我，現在，他一定感覺很傷心吧？」

「不僅是那一個晚上，」茶來說，「這三百年來，您一直拉著他在地面世界行走，讓他與地面世界建立聯繫。現在，您該鬆開手讓他獨自前行。您放心，我們都會歡迎他，您就專注於自己的事情吧，老師。」

「沒錯，哪怕我能變身了，也還有許多事情需要操心。」韋老師說，「不過，有了變身術的陪伴，我什麼也不怕。」

然而，事情並不如想像中那樣順利。韋老師並沒有恢復變身能力，她無法變成別的形態，甚至無法變回九尾狐的模樣，而是被困在貓的形態之中。這下子，韋老師又陷入消沉中，只好按照原定計畫，回白水鄉閉關修行。

茶來是指導老師，所以跟隨韋老師一起出發。這次韋老師做好了長久閉關的準備，可能需要好幾年。這是一次漫長的離別，知宵、真真和沈碧波戀戀不捨的送走茶來與韋老師，沒想到茶來第二天便回到客棧了。下午放學後，三個人來到客棧，又看到了懶洋洋的茶來。

「老師有一套自己的方法，不太認同我的計畫。我定期去白水鄉探望她就行了。」茶來說，「對了，我還帶回了老師給波波的口信。」

「什麼事？」沈碧波問。

「老師是不是送過你一頂帽子？她說，那帽子是從人類的商店買來的，根本沒有什麼神奇的力量，她要向你道歉。等到修行結束，她會為你找一份更合適的禮物。」

「怎麼可以這樣呢！」沈碧波有些不高興的說，「我每天都等著那頂帽子展現它的神奇之處！」

「你別生氣，我可以先把海螺借給你聽聽聲音。」知宵說。

「我也可以把斗篷借給你。」真真說。

沈碧波看看他的朋友，忍不住笑了起來。

國家圖書館出版品預行編目 (CIP) 資料

妖怪客棧 5, 九尾狐變形計 = The monster inn/
楊翠著 . -- 初版 . -- 新北市 : 悅智文化館 ,
2022.01 / 224 面 ; 14.7×21 公分 . --
ISBN 978-986-7018-55-7(平裝)

859.6　　110013453

妖怪客棧 5
九尾狐變形計

作　　者 / 楊翠
總 編 輯 / 徐昱
封面繪製 / 古依平
執行美編 / 古依平

出 版 者 / 悅智文化事業有限公司
地　　址 / 新北市板橋區板新路 206 號 3 樓
電　　話 / 02-8952-4078
傳　　真 / 02-8952-4084
電子郵件 / sv5@elegantbooks.com.tw

戶　　名 / 悅智文化事業有限公司
郵政劃撥帳號 / 19452608

本書臺灣繁體版由四川一覽文化傳播廣告有限公司代理，經上海火雀文化傳媒有限公司及安徽少年兒童出版社授權出版。

初版一刷 2022 年 01 月　定價 240 元